金瓶梅詞話

萬曆本

三

第十二回　潘金蓮私僕受辱

劉理星壓勝求財

第十二回

潘金蓮私僕受辱　劉理星魘勝貪財

堪笑西門暴富　有錢便是主顧
一家歪斯胡纏　那討綱常禮數
狎客日日來往　紅粉夜夜陪宿
不是常久夫妻　也算春風一度

話說西門慶。在院中貪戀桂姐姿色。約半月不曾來家。吳月娘使小廝。一連拏馬接了數次。李家把西門慶衣帽都藏過一邊。不放他起身。丟的家中這些婦人都閑靜了。到別人猶可。惟有潘金蓮這婦人青春未及三十歲。慾火難禁一丈高。每日和孟玉樓兩箇。打扮粉粧玉琢。皓齒朱唇無一日不走在大門首。

倚門而望。等到黃昏時分。到晚來歸入房中。粲枕孤幃。鳳臺無伴。睡不着。走來花園中。款步花苔。月洋水底。猶恐西門慶心性難拏。怪玳瑁猫兒交懽。鬬的我芳心迷亂。當時玉樓帶來一箇小厮。名喚琴童。年約十六歲。纔留起頭髮。生的眉目清秀。乖滑伶俐。西門慶教他拿鑰匙。看管花園打掃。晚夕就在花園門前。一間小耳房內歇。潘金蓮和孟玉樓。白日裡常在花園中。亭子上坐在一處。做針指。或下棋。這小厮專一道小慇懃。常觀見西門慶來。就先來告報。以此婦人喜他。常叫他入房。賞酒與他吃。兩箇朝朝暮暮。眉來眼去。都有意了。不想將近七月廿八日。西門慶生日來到。吳月娘見西門慶在院中。留戀烟花。不想回家。一面使小厮玳安。拏馬往院中接西門慶。這潘金蓮暗暗修了

一東帖。交付玳安。教悄悄遞與你爹。說五娘請爹早些家去罷
這玳安不敢怠慢。騎馬一直到构欄李家。只見應伯爵謝希太
祝日念。孫寡嘴。常時節。衆人正在那裡相伴着西門慶。摟着粉
頭。花攢錦簇。懽樂飲酒。西門慶看見玳安來到。便問你來怎麼
家中沒事。玳安道。家中沒事。西門慶道。前邊各項銀子。叫傳二
叔討討。等我到家筭帳。玳安道。這兩日傳二叔討了許多。等爹
到家上帳。西門慶道。你桂姨那一套衣服。稍來不曾。玳安道。巳
稍在此。便向毡包內。取出一套紅衫藍裙。遞與桂姐。桂姐桂卿。
道了萬福。收了。連忙分付下邊。管待玳安酒飯。那小厮吃了酒
飯。復走來上邊。伺候。悄悄向西門慶耳邊。附耳低言。說道家中
五娘使我稍了箇帖兒在此。請爹早些家去。西門慶纔待用手

去接、早被李桂姐看見。只道是西門慶前邊那表子。寄來的情書。一手撾過來、拆開觀看。却是一幅迴文邊錦箋。上寫着幾行墨跡、桂姐遞與祝日念。教念與他聽、這祝日念見上面寫詞一首。名落梅風、對衆朗誦了一遍、

黄昏想、白日思。盼殺人多情不至、因他爲他憔悴死、可憐也
繡衾獨自　燈將殘、人睡也、空留得半牕的月。　眠心硬、渾
似鐵、這凄凉怎捱今夜。

下書愛妾潘六兒拜

那桂姐聽畢。撇了酒席、走入房中。倒在床上面朝裡邊睡了。且說西門慶見桂姐惱了。把帖子扯的稀爛、衆人前把玳安踢了兩靴脚、請桂姐兩遍不來、慌的西門慶親自進房內、抱出他來、

到酒席上說道。分付帶馬回去。家中那箇淫婦使你來我這一
到家。都打箇臭死。不說玳安含淚回家。西門慶道。桂姐你休惱
這帖子不是別人的。乃是舍下第五箇小妾頭。寄請我到家有
些事兒計較。再無別故。祝日念在旁又戲道。桂姐。你休聽他哄
你哩。這箇潘六兒。乃是那邊院裡。新敘的一箇表子。生的一表
人物。你休放他去。西門慶笑趕着打。說道。你這賊天殺的。單管
弄死了人。緊着他恁麻犯人。你又胡說。李桂卿道。姐夫差了。既
然家中有人拘管。就不消在前梳籠人家粉頭。白守着家裡的
便了。纔相伴了多少時。那人兒便就要拋離了去。應伯爵插口
道。說的有理。便道大官人你依我。你也不消家去。桂姐也不必
惱。今日說過。那箇再恁惱了。每人罰二兩銀子。買酒肉。咱大家

吃到是這四五箇𨷖客。說的說。笑的笑。在席上猜枚行令。頑耍飲酒。把桂姐窩盤住了。西門慶把桂姐摟在懷中。倍笑。一遞一口兒飲酒。只見少頃鮮紅漆丹。盤拿了七鍾茶來。雪綻般茶盞。杏葉茶匙兒。塩笋芝蔴木樨泡茶。馨香可掬。每人面前一盞。應伯爵道。我有箇朝天子兒。单道這茶好處。

這細茶的嫩芽。生長在春風下。不揪不採葉兒楂。但煑着頗色大。絕品清奇。難描難畫。口兒裡常時呷。醉了時想他。醒來時愛他。原來一簍兒千金價。

謝希大笑道。大官人使錢費物。不圖這一摟兒。却圖些甚的。如今每人有詞的唱詞。不會詞。每人說箇笑話兒。與桂姐下酒。該謝希大先說。有一箇泥水匠。在院中謾地。老媽兒怠慢着他些見。他暗暗把陰溝內堵上箇磚、落後天下雨、積的滿院子都是水。老媽慌了。尋的他來、多與他酒飯、還秤了一錢銀子。央他打水平。那泥水匠吃了酒飯。悄悄去陰溝內。把那箇磚拿出。把水登時出的罄盡。老媽便問。作頭此是那裡的病。泥水匠回道。這病與你老人家病一樣。有錢便流。無錢不流。原來把桂姐家來傷了。桂姐道。我也有箇笑話。回奉列位。有一孫眞人。擺着筵席請人。却教座下老虎去請。那老虎把客人。一箇箇都路上吃了。眞人等至天晚。不見一客到。人都說你那老虎。都把客人路上吃了。不一時老虎來。眞人便問。你請的客人。都往那裡去了。老虎口吐人言。告師父得知。我從來不曉得請人。只會白嚼人。就是一能。當下把衆人都傷了。應伯爵道。可見的俺每。只自白嚼你家孤老就還不起箇東道于是向頭上拔下一根鬧銀耳斡兒來重一錢謝希大一對鍍金網巾圈秤了秤只九分半祝日念袖中掏出一方舊汗巾兒筭二百文長錢孫寡嘴腰間解下一條白布男裙當兩壺半壇酒常時節無以爲敬問西門慶借了一錢成色銀子都遞與桂卿置辦東道請西門慶和桂姐那桂卿將銀錢都付與保兒買了一錢螃蟹打了一錢銀子豬肉宰了一隻雞自家又賠出些小菜兒來廚下安排停當大盤小碗拿上來衆人坐下說了一聲動筯吃時說時遲那時快但見

人人動嘴箇箇低頭遮天映日猶如蝗蝻一齊來擠眼掇肩

好似餓牢纔打出這箇搶風膀臂如經年未見酒和餚那箇

連二快子成歲不逢筵與席一箇汗流滿面恰似與雞骨朶

有寬伲。一箇油抹唇邊。把猪毛皮連唾嚥。吃片時。盃盤狼藉。啖良久。筋子縱橫。盃盤狼藉。如水洗之光滑。筋子縱橫。似打磨之乾淨。這箇稱為食王元帥。那箇號作淨盤將軍。酒壺番晒。又重斟。盤饌已無。還去探。正是珍羞百味片時休。果然都送入五臟廟。

當下眾人吃了箇淨光王佛。西門慶與桂姐。吃不上兩鍾酒。揀了些菜蔬。還被這夥人吃的去了。那日把席上椅子坐折了兩張。前邊跟馬的那小廝不得上來。掉嘴吃。把門前供養的土地。翻倒來使。位恰㓟了。一泡稇谷都的熱屎。臨出門來。孫寡嘴把李家明間內。供養的鍍金銅佛。搓在褲腰裡。應伯爵推鬪桂姐親嘴。把頭上金啄針兒戲了。謝希大把西門慶川扇兒藏了。祝日念走到桂卿房裡照臉。溜了他一面水銀鏡子。常時節借的西門慶一錢八成銀子。竟是寫在嫖帳上了。原來這起人。只伴着西門慶頑耍。好不快活。有詩為証。

构欄妓者媚如猱　只堪乘興暫時留
若要死貪無足厭　家中金鑰教誰收

按下這裡衆人簇擁着西門慶歡樂飲酒、单表玳安小厮回馬到家。吳月娘和孟玉樓潘金蓮。在房坐的。見了玳安。便問你接了爹來了不曾。玳安哭的兩眼紅紅的。如此這般。被爹踢罵了小的來了。說道。那箇再使人接。來家都要罵。月娘便道你看不合理。不來便了。如何去罵小厮來。如何狐迷變心這等的孟玉樓道。你踢將小厮便罷了如何連俺們都罵將來。潘金蓮道十

箇九箇院中淫婦。和你有甚情實常言說的好。船載的金銀填
不滿烟花寨。金蓮只知說出來。不防路上說話。草裡有人。李嬌
兒從玳安。自院中來家時分。走來窻下潛聽。見潘金蓮對着月
娘。罵他家千淫婦。萬淫婦。暗暗懷恨在心。從此二人結仇。不在
話下。正是

甜言美語三冬煖　惡語傷人六月寒
金蓮只曉争先話　那料旁人起禍端

不說李嬌兒與金蓮結仇。单表金蓮這婦人。歸到房中。捱一刻
似三秋。盼一時如半夏。知道西門慶不來家。把兩箇丫頭打發
睡了。推往花園中遊翫。將琴童叫進房。與他酒吃。把小厮灌醉
了。掩閉了房門。褪衣解帶。兩箇就幹做在一處。正是色膽如天

怕甚事。篤幃雲雨百年情。但見。

一箇不顧綱常貴賤。一箇那分上下高低。一箇色膽歪邪。管甚丈夫利害。一箇淫心蕩漾。從他律犯明條。一箇氣暗眼瞪好似牛吼柳影。一箇言嬌語澁。渾如鶯囀花間。一箇耳畔許雨意雲情。一箇枕邊說山盟海誓。百花園內。翻爲快活排場。主母房中。變作行樂世界。霎時一滴驢精髓。傾在金蓮玉體中。

自此爲始。每夜婦人便叫這小厮進房中。如此。未到天明。就打發出來。背地把金裹頭簪子兩三根。帶在頭上。又把裙邊帶的錦香囊股子葫蘆兒。也與了他。繫在身底下。豈知這小厮不守本分。常常和同行小厮。在街吃酒要錢。頗露出去用。常言若要人不知。除非己莫爲。有一日風聲吹到孫雪娥李嬌兒耳朵內。
說道。賊淫婦。往常言語假撇清。如何今日也做出來了。偷養小
厮。齊來告月娘。月娘再三不信。說道。不爭你們和他合氣。惹的
孟三姐不怪。只說你們擠撮他的小厮。說的二人無言而退。落
後婦人夜間和小厮在房中行事。忘記關廚房門。不想被丫頭
秋菊。出來淨手。看見了。次日傳與後邊小玉。小玉對雪娥說。雪
娥同李嬌兒。又來告訴月娘。正值七月廿七日。西門慶上壽。從
院中來家。二人如此這般。他屋裡丫頭。親口說出來。又不是俺
們葬送他。大娘不說俺們對他爹說。若是饒了這箇淫婦。自除
非饒了蝎子。娘是的。月娘道。他纔來家。又是他好日子。你每不
依我。只顧說去。等住回亂將起來。我不管你。二人不聽月娘之

言。約的西門慶進入房中。齊來告訴。說金蓮在家養小廝一節。這西門慶不聽萬事皆休。聽了怒從心上起。惡向膽邊生。走到前邊坐下。一片聲叫琴童兒。早有人報與潘金蓮。金蓮慌了手脚。使春梅忙叫小廝到房中。囑付千萬不要說出來。把頭上簪子都要過來收了。着了慌就忘下解了香囊葫蘆下來。被西門慶叫到前廳跪下。分付三四箇小廝。選大板子伺候。西門慶道問賊奴才你知罪麽。那琴童半日不敢言語。西門慶令左右除了帽子。拔下他簪子來我瞧。見撇着兩根金裹頭銀簪子。因問你戴的金裹頭銀簪子。往那裡去了。琴童道。小的並沒甚銀簪子。西門慶道。奴才還搗鬼。與我旋剝了衣服。拿板子打。當下兩三箇小廝扶侍。一箇剝去他衣服。扯了褲子。見他身底下穿着玉色絹𦃃兒𦃃兒帶上露出錦香囊葫蘆兒。西門慶一眼就看見。便叫拏上來我瞧。認的是潘金蓮裙邊帶的物件。不覺心中大怒。就問他此物從那裡得來。你實說是誰與你的。諕的小厮半日開口不得。說道這是小的某日打掃花園。在花園內拾的。並不曾有人與我。西門慶越怒切齒。喝令與我綑起着實打。當下把琴童兒綳子綳着。雨點般欖杆打將下來。須臾打了三十大棍。打得皮開肉綻。鮮血順腿淋漓。又教大家人來保。把奴才兩箇鬢與我撏了。趕將出去。再不許進門。那琴童磕了頭。哭哭啼啼出門去了。這小厮只因昨夜與玉皇殿上掌書仙子厮調戲。今日罪犯天條貶下方。有詩爲証。

虎有倀兮鳥有媒
金蓮未必守空閨

不堪今日私奴僕　自此遭愆更莫追

當下西門慶打畢琴童趕出去了。潘金蓮在房中聽見。如提冷水盆內一般。不一時西門慶進房來。諕的戰戰兢兢。渾身無了脉息。小心在旁扶侍接衣服。被西門慶兜臉一箇耳刮子。把婦人打了一交。分付春梅把前後角門頂了。不放一箇人進來。拿張小椅兒坐在院內花架兒底下。取了一根馬鞭子拏在手裡喝令淫婦脫了衣裳跪着。那婦人自知理虧。不敢不跪。到是真箇脫去了上下衣服。跪在面前。低垂粉面。不敢出一聲兒。西門慶便問賊淫婦。你休推睡裡夢裡。奴才我纔已審問明白。他一一都供出來了。你實說我不在家。你與他偷了幾遭。婦人便哭道。天麼天麼。可不冤屈殺了我罷了。自從你不在家半箇來月。

奴白日裡只和孟三姐做一處做針指。到晚夕早關了房門就睡了。沒勾當不敢出這角門邊兒來。你不信只問春梅便了。有甚和鹽和醋。他有箇不知道的。因叫春梅來。姐姐你過來親對你爹說。西門慶罵道賊淫婦。有人說你把頭上金裹頭簪子兩三根。都偷與了小廝。你如何不認。婦人道就屈殺了奴罷了。是那箇不逢好死的。嚼舌根的淫婦。嚼他那旺跳的身子。見你常時進奴這屋裡來歇。并都氣不憤。拏這有天沒日頭的事壓枉奴。就是你與的簪子。都有數兒。一五一十都在。你查不是。我平白想起甚麼來。與那奴才。好成搆的奴才。也不枉說的行一箇屎不出來的毛奴才。平空把我纂一篇舌頭。西門慶道簪子有沒罷了。因向袖中取出琴童那香囊來。說道這箇是你的物件兒如何打小廝身底下揑出來。你還口澀甚麽。說着紛紛的惱了。向他白馥馥香肌上。颼的一馬鞭子來。打的婦人疼痛難忍。眼噙粉淚。沒口子叫道。好爹爹。你饒了奴罷。你容奴說。奴便說。不容奴說。你就打死奴。也只臭烟了這塊地。這箇香囊葫蘆兒。你不在家。奴那日同孟三姐在花園裡做生活。因從木香欄下所過。帶繫兒不牢。就抓落在地。我那裡沒尋。誰知這奴才拾了。奴並不曾與他。只這一句。就合着綱纔琴童前廳上。供稱在花園內拾的一樣的話。又見婦人脫的光赤條條。花朶兒般身子。嬌啼嫩語。跪在地下。那怒氣早已鑽入爪哇國去了。把心已回動了八九分。因叫過春梅。摟在懷中。問他淫婦果然與小廝有首尾沒有。你說饒了淫婦。我就饒了罷。那春梅撒嬌撒痴。坐在西門慶懷裡。說道。這箇爹你好沒的說。和娘成日唇不離腮。娘肯與那奴才。這箇都是人氣不憤俺娘兒們。作做出這樣事來。爹你也要箇主張。好把醜名兒頂在頭上。傳出外邊去好聽。幾句把西門慶說的一聲兒不言語。丟了馬鞭子。一面教金蓮起來。穿上衣服。分付秋菊看菜兒放卓兒吃酒。這婦人當下滿斟了一盃酒。雙手遞上去。花枝招颭。繡帶飄飄。跪在地下。等他鍾兒西門慶分付道。我今日饒了你。我若但凡不在家。要你洗心改正。早關了門戶。不許你胡思亂想。我若知道。定不饒你。婦人道。你分付奴知道了。到是插燭也似與西門慶磕了四箇頭。方纔安座兒在傍陪坐飲酒。正是為人莫作婦人身。百年苦樂由他人。潘金蓮這婦人平日被西門慶寵的狂了。今日討得這場羞辱在身上。有詩爲証。

金蓮容貌更温柔　恃寵爭妍惹寇讐
不是春梅當日勸　父孃皮肉怎禁抽

西門慶正在金蓮房中飲酒。忽聽小厮打門。說前邊有吳大舅吳二舅。傅夥計女兒女婿。衆親戚送禮來祝壽。方纔撇了金蓮。整衣出來前邊陪待賓客。那時應伯爵謝希大等衆人都有人情院中李桂姐家亦使保兒送禮來。西門慶前邊亂着收人家禮物發東請人。不在話下。且說孟玉樓打聽金蓮受辱。約的西門慶不在家裡。瞞着李嬌兒孫雪娥。走來看望金蓮。見金蓮睡在床上。因問道六姐。你端的怎麽緣故。告我說則箇。那金蓮滿眼流淚哭道。三姐。你看小淫婦。今日在背地裡白唆調漢子。打

了我恁一頓我到明日和這兩箇淫婦冤讐結的有海深玉樓
道你便與他有瑕玷如何做作着把我的小厮弄出去了六姐
你休煩惱莫不漢子就不聽俺每說句話兒若明日他不進我
房裡來便罷但到我房裡來等我慢慢勸他金蓮道多謝姐姐
費心一面叫春梅看茶來吃坐着說了回話玉樓告回房去了
至晚西門慶因上房吳大妗子來了走到玉樓房中宿歇玉樓
因說道你休枉了六姐心六姐並無此事都是日前和李嬌兒
孫雪娥兩箇有言語平白把我的小厮扎罰子你不問了靑紅
皂白就把他屈了你休怪六姐却不難爲六姐了我就替他賭
了大誓若果有此事大姐姐有箇不先說的西門慶道我問春
梅他也是般說玉樓道他今在房中不好哩你不去看他看去

西門慶道。我知道。明日到他房中去。當晚無話。到第二日。西門慶正生日。有周守備夏提刑。張練練吳大舅許多官客飲酒。拏轎子接了李桂姐。并兩箇唱的唱了一日。李嬌兒見他姪女兒來。引着拜見月娘眾人。在上房裡坐吃茶。請潘金蓮見。連使了頭請了兩遍。金蓮不出來。只說心中不好。到晚夕桂姐臨家去拜辭月娘。月娘與他一件雲絹比甲兒。汗巾花翠之類。同李嬌兒送出到門首。桂姐又親自到他花園角門首。好歹見見五娘。那金蓮聽見他來。使春梅把角門關閉。煉鐵桶相似。就是樊噲也叫不開。說道。我不開這花娘。遂羞訕滿面而回。正是廣行方便。爲人何處不相逢。多結冤讐。路逢狹處難回避。不題李桂姐回家去了。单表西門慶至晚進入金蓮房內來。那金蓮把雲鬟

不整花容倦淡迎接進房替他脫衣解帶伺候茶湯脚水百般
慇懃扶侍把小意定貼戀到夜裡枕蓆魚水懽娛屈身忍辱無
所不至說道我的哥哥這一家都誰是疼你的都是露水夫妻
再醮貨兒惟有奴知道你的心你知道奴的意旁人見你這般
疼奴在奴身邊去的多都氣不憤背地裡架舌頭在你根前唆
調我的傻寃家你想起甚麼來中了人的拖刀之計把你心愛
的人兒這等下無情折剉常言道家鷄打的團團轉野鷄打的
貼天飛你就把奴打死了也只在這屋裡敢往那裡去就是前
日你在院裡踢罵了小廝來早時有上房大姐姐孟三姐在根
前我是不是說了一聲也是好的恐怕他家裡粉頭淘渌壞了
你身子院中唱的只是一味愛錢你有甚情節誰人疼你誰知

被有心的人聽見兩箇背地伯成一幇兒筭計我自古人害人
不死天害人纔害死了往後久而自明只要你與奴做箇主兒
便了于是幾句把西門慶說的窩盤住了是夜與他淫慾無度
到次日西門慶備馬玳安平安兩箇小厮跟隨往院中來卻說
李桂姐正打扮着陪人坐的聽見他來連忙走進房去洗了濃
粧除了簪環倒在床上裹衾而臥西門慶走到坐了半日還沒
一箇出來陪侍只見老媽出來道了萬福讓西門慶坐下虔婆
便問怎的姐夫連日不進來走走西門慶道正是因賤日窮冗
家中無人虔婆道姐兒那日打攪西門慶道怎的那日姐姐桂
卿不來走走虔婆道桂卿不在家被客人接去店裡這幾日還
不放了來說了半日話小頃人拿茶來陪着吃了西門慶便問

怎的不見桂姐、虔婆道、姐夫還不知哩、小孩兒家不知怎的那
日着了惱來家。就不好起來。睡倒了。房門兒也不出。直到如今。
姐夫好狠心。也不來看看姐兒。西門慶道。真箇我通不知。因問
在那邊房裡。我看看去。虔婆道。在他後邊臥房裡睡。慌忙令丫
鬟掀簾子。西門慶走到他房中。只見粉頭烏雲散亂。粉面慵粧。
裹被便坐在那床上。面朝裡。見了西門慶。不動一動兒。便問道。
你那日來家。怎的不好。也不荅應。又問你着了誰人惱。你告我
說。問了半日。那桂姐方開言說說道。左右是你家五娘子。你家
中既有恁好的。迎懽買俏。又來稀罕俺們這樣淫婦做甚麼。俺
們雖是門戶中出身。蹺起脚兒。比外邊良人家不成的貨兒高
好些。我前日又不是供唱。我也送人情去。大娘倒見我甚是親

熱。又那兩箇與我許多花翠衣服。待要不請你見。又說俺院中沒禮法。只聞知人說你家有的了五娘子。當能請你拜見。又不出來。家來同俺姑娘。又辭你去。你使丫頭把房門關了。端的好不識人敬重。西門慶道。你倒休怪他。他那日本等心中不自在。他若好時。有箇不出來見你的。這箇淫婦我幾次因他再三咬羣兒口嘴傷人。也要打他哩。這桂姐叉手向西門慶臉上一撾說道。沒羞的哥兒。你就打他。西門慶道。你還不知我手段。除了俺家房下。家中這幾箇老婆丫頭。但打起來也不善著。緊二三十馬鞭子。還打不下來。好不好還把頭髮都剪了。桂姐道。我見砍頭的沒見砍嘴的。你打三箇官兒唱兩箇喏。誰見來。你若有本事到家裡。只剪下一料子頭髮。拿來我瞧。我方信你是本司三院有名的好子弟西門慶道你敢與我排手那桂姐道我和你排一百箇手當日西門慶在院中歇了一夜到次日黃昏時分辭了桂姐上馬回家桂姐道我在這裡眼望旌節旗耳聽好消息哥兒你這一去沒有這物件就休要見我這西門慶吃他激怒了幾句話歸家已是酒酣不往別房裡去逕到前邊潘金蓮房來婦人見他有酒了加意用心伏侍問他酒飯都不吃分付春梅把床上拭抹凉蓆乾淨帶上門出去他便坐在床令婦人脫靴那婦人不敢不脫須臾脫了靴打發他上床西門慶且不睡坐在一隻枕頭上令婦人褪了衣服地下跪着那婦人諕的捏兩把汗又不知因為甚麼于是跪在地下柔聲大哭道我的爹爹你透與奴箇伶俐說話奴死也甘心饒奴終夕懸提心

吊膽。陪着一千箇小心。還投不着你的機會。只挐鈍刀子鋸處

我。教奴怎生吃受。西門慶罵道。賊淫婦。你眞箇不脫衣裳。我就

沒好意了。因叫春梅。門背後有馬鞭子。與我取了來。那春梅只

顧不進房來。叫了半日。纔慢條斯禮。推開房門進來。看見婦人

跪在床地平上。向燈前倒着卓兒下了油。西門慶使他只不動

身。婦人叫道。春梅我的姐姐。你救我救兒。他如今要打我。西門

慶道。小油嘴兒。你不要管他。你只遞馬鞭子與我。打這淫婦。春

梅道。爹你怎的恁沒羞。娘幹壞了你的甚麼事兒。你信淫婦言

語來。平地裡起風波。要便搜尋娘。還教人和你一心一計哩。你

教人有刺眼兒看得上你。倒是也不依他。拽上房門。走在前邊

去了。那西門慶無法可處。反呵呵笑了。向金蓮道。我且不打你

你上來。我問你要樁物兒。你與我不與我。婦人道。好親親。奴一身都骨朶肉兒都屬了你。隨要甚麼。奴無有不依隨的。不知你心裡要甚麼兒。西門慶道。我心要你頂上一柳兒好頭髮。婦人道。好心肝。淫婦的身上。隨你怎的揀着燒遍了也依。這箇剪頭髮卻成不的。可不諕死了我罷了。奴出娘胞兒活了二十六歲。從沒幹這營生。打緊我頂上這頭髮近來又脫了奴好些。只當可憐見我罷。西門慶道。你只嗔我惱。我說的你就不依我。婦人道。我不依你再依誰。因問你實對奴說。要奴這頭髮做甚麼去。西門慶道。我要做網巾。婦人道。你要做網巾。我就與你做。休要拏與淫婦。教他好壓鎮我。西門慶道。我不與人便了。要你髮兒做頂線兒。婦人道。你既要做頂線。待奴剪與你。當下婦人分開頭髮。西門慶拏剪刀。按婦人當頂上。齊臻臻剪下一大柳來。用紙包放在順袋內。婦人便倒在西門慶懷中。嬌聲哭道、奴凡事依你。只願你休忘了心腸、隨你前邊和人好。只休拋閃了奴家。是夜與他懽會異常。到次日西門慶起身。婦人打發他吃了飯、出門騎馬、還到院裡。桂姐便問。你剪的他頭髮在那裡。西門慶道。有在此。便向荷袋內取出、遞與桂姐。打開觀看、果然黑油也一般好頭髮、就收在袖中。西門慶道。你看了還與我。他昨日爲剪這頭髮、好不費難。吃我變了臉、惱了。他纔容我剪下這一柳子來。我哄他只說要做網巾頂線兒。還拏進來與你瞧、可見我不失信。桂姐道、甚麼稀罕貨。慌的你恁箇腔兒、等你家去我還與你。比是你恁怕他就不消剪他的來了。西門慶笑道。那裡是怕他的。我語言不的了。桂姐一面教桂卿陪着他吃酒。走到背地裡。把婦人頭髮早絮在鞋底下。每日躧踏。不在話下。到是把西門慶纏住。連過了數日。不放來家。金蓮自從頭髮剪下之後。覺意心中不快。每日房門不出。茶飯慵飡。吳月娘使小厮請了家中常走看的。那劉婆子看視。說娘子着了些暗氣。惱在心中。不能回轉。頭疼惡心。飲食不進。一面打開藥包來。留了兩服黑丸子藥兒。晚上用薑湯吃。又說我明日叫俺老公來。替你老人家看看今歲流年。有灾沒有。金蓮道。原來你家老公。也會筭命。劉婆道。他雖是箇瞽目人。到會兩三椿本事。第一善陰陽講命。與人家禳保。第二會針灸收瘡。第三椿兒不可說。單會與人家回背。婦人問道。怎麼是回背。劉婆子道。如何有父子不和。兄弟不賢大妻小妻爭鬭教了俺這老公去說了替他用鎮物安鎮書符水與他吃了不消三日教他父子親熱兄弟和睦妻妾不爭若人家買賣不順溜田宅不興旺者常與人開財門發利市治病洒掃禳星告斗都會因此人都叫他做劉理星也是一家子新娶箇媳婦兒是小人家女兒有些手脚兒不穩常偷盜婆婆家東西往娘家去丈夫知道常被責打俺老公與他回背書了二道符燒灰放在水缸下埋着渾家大小吃了缸内水眼看着媳婦偷盜只相没看見一般又放一件鎮物在枕頭男子漢睡了那枕頭也好似手封住了的再不打他了那潘金蓮聽見遂留心便叫丫頭打發茶湯點心與劉婆吃了臨去包了三錢藥錢另外又秤了五錢教買紙劄信物明日早飯時叫劉瞎

來燒神紙那劉婆子作辭回家到次日果然大清早辰領賊瞎
逕進大門往裡走那日西門慶還在院中未來看門小廝便問
瞎子往那裡走劉婆道今日與裡邊五娘燒紙小廝道既是與
五娘燒紙老劉你領進去仔細看狗這婆子領定逕到潘金蓮
臥房明間內等到半日婦人纔出來瞎子見了禮坐下婦人說
與他八字賊瞎子用手掐了掐說道娘子庚辰年庚寅月乙亥
日巳丑時初八日立春已交正月算命依子平正論娘子這八
字中雖故清奇一生不得夫星濟子上有些妨碍亥中一木生
到正月間不亦身旺論不尅當自焚又兩重庚金羊刃大重夫
星難爲尅過兩箇纔好婦人道已尅過了賊瞎子道娘子這命
中休怪小人說子平雖取煞印格只吃了亥中有癸水庚中又

有癸水。水太多了。冲動了。只一重巳土。關煞混雜。論來男人煞重掌威權。女子煞重必刑夫。所以主爲人聰明機變。得人之寵辱。只有一件。今歲流年甲辰歲運。併臨災殃。必命中又犯小耗勾絞。兩位星辰打攪。雖不能傷。只是主有比肩不和。小人嘴舌。常沾些啾唧不寧之狀。婦人聽了。說道。累先生仔細用心。與我回背回背。我這裡一兩銀子。相謝先生。買一盞茶吃。奴不求別的。只願得小人離退。夫主愛敬便了。一面轉入房中。拔了兩件首飾。遞與賊瞎。賊瞎接了。放入袖中。說道。既要小人回背。用柳木一塊。刻兩箇男女人形像。書着娘子與夫主生時八字。用七七四十九根紅線。扎在一處。上用紅紗一片。蒙在男子眼中。用艾塞其心。用針釘其手。下用膠粘其足。暗暗埋在睡的枕頭內。

又朱砂書符一道燒火灰。暗暗攪在艷茶內。若得夫主吃了茶。到晚夕睡了枕頭。不過三日。自然有驗。婦人道。請問先生這四椿兒是怎的說。賊瞎道。好教娘子得知。用紗蒙眼。使夫主見你一似西施一般嬌艷。用艾塞心。使他心愛到你。用針釘手。隨你怎的不是。使他再不敢動手打你。着緊還跪着你。用膠粘足者。使他再不往那裡胡行。婦人聽言有這等事。滿心權喜。當下備了香燭紙馬。替婦人燒了紙。到次日。使劉婆送了符水鎮物與婦人。如法常頓停當。將符燒灰。頓下好茶。待的西門慶家來。婦人吽春梅遞茶與他吃。到晚夕與他共枕同床。過了一日。兩日三。似水如魚。歡會如常。看官聽說。但凡大小人家。師尼僧道。乳母牙婆。切記休招惹他。背地甚麼事不幹出來。占人有四句格言、說得好。

堂前切莫走三婆　後門常鎖莫通和

院內有井防小口　便是禍少福星多

畢竟未知後來、如何、且聽下回分解。

第十三回
李瓶姐隔墻密約

迎春兒隙底私窺

第十三回

李瓶兒隔墻密約　迎春女窺隙偷光

人生雖未有千全　處世規模要放寬
好是但看君子語　是非休聽小人言
徒將世俗能欺戲　也畏人心似隔山
寄語知音女娘道　莫將苦處語爲甜

話說一日。六月十四日。西門慶從前邊來。走到月娘房中。月娘告說。今日你不在家。花家使小厮。拏帖子來請你吃酒。若是他來家就去。西門慶觀看原帖子。寫着即午院中吳銀家叙希過我往萬萬。于是打選衣帽齊整。叫了兩箇跟隨。預備下駿馬。先逕到花家。不想花子虛不在家了。他渾家李瓶兒夏月間。戴着銀絲鬏髻。金鑲紫瑛墜子。藕絲對衿衫。白紗挑線鑲邊裙。裙邊露一對紅鴛鳳嘴。尖尖趫趫。立在二門裡台基上。手中正拿一隻紗綠潞紬鞋扇。那西門慶三不知正進門。兩箇撞了箇滿懷。這西門慶留心已久。雖故庄上見了一面。不曾細翫其詳。于是對面見了一面。人生的甚是白淨。五短身材。瓜子面皮。生的細彎彎兩道眉兒。不覺魂飛天外。魄散九霄。忙向前深深的作揖。婦人還了萬福。轉身入後邊去了。使出一箇頭髮齊眉的丫鬟來。名喚秀春。請西門慶客位內坐。他便立在角門首半露嬌容說。大官人少坐一時。他適纔有些小事出去了。便來也。少頃使丫鬟拿出一盞茶來。西門慶吃了。婦人隔門說道。今日他請大官人往那邊吃酒去。好歹看奴之面。勸他早些來家。兩箇小廝又都跟的去了止是這兩個丫鬟和奴家中無人西門慶便道嫂子見得有理哥家事要緊嫂子既然分付在下在下已定伴哥同去同來怎肯失了哥的事正說着只見花子虛來家婦人便回房中去了花子虛見西門慶叙禮說道蒙兄下降小弟適有些不得已小事出去望望失迎恕罪于是分賓主坐便叫小厮看茶須臾茶罷分付小厮對你娘說看菜兒來我和你西門爹吃三盃起身今日院內吳銀姐生日請兄同往一樂西門慶道仁兄何不早說即令玳安快家去討五錢銀子封了來花子虛道兄何故又費心小弟到不是了西門慶見左右放卓兒說道兄不消留坐了咱往裡邊吃去罷花子虛道不敢久留兒坐一回就是大盤大碗鷄蹄鮮肉餚饌拏將上來銀高脚葵花鍾

每人一鍾。又是四箇捲餅。吃畢。收下來與馬上人吃。少頃問玳安取了分資來。一同起身上馬。西門慶是太平平安兒。花子虛是天福天喜兒。四箇小厮跟隨。逕往构欄後巷。吳四媽家。與吳銀兒做生日。到那裡花攢錦簇。歌舞吹彈。飲酒至一更時分方散。西門慶留心。把子虛灌的酩酊大醉。又因李瓶兒央浼之言。頓得相伴他一同來家。小厮叫開大門。扶到他客位坐下。李瓶兒同丫鬟掌着燈燭出來。把子虛攙扶進去。西門慶交付明白。就要告回。婦人旋走出來。拜謝西門慶說道。拙夫不才貪酒。多累看奴薄面。姑待來家。官人休要笑話。那西門慶忙屈着還禮說道。不敢。嫂子這裡分付。早辰一面出門。將的軍去。將的軍來。在下敢不銘心刻骨。同哥一答裡來家。非嫂子耽心。顯的在下幹事不的了。你看哥在他家。被那些人纏住了。我濕着你催哥起身。走到樂星堂兒門首。粉頭鄭愛香兒家。小名叫做鄭觀音。生的一表人物。哥就往他家去。被我再三攔住了。說道哥家去罷。改日再來。家中嫂子放心不下。方纔一直來家。不然若到鄭家一夜不來。嫂子在上。不該我說。哥也糊突。嫂子又青年。恁大家室。如何便丟了去。成夜不在家。是何道理。婦人道。正是如此奴爲他這等在外胡行。不聽人說。奴也氣了一身病痛在這裡往後大官人。但遇他在院中。好歹看奴薄面。勸他早早回家。奴恩有重報。不敢有忘。這西門慶是頭上打一下。腳底板響的人積年風月中走。甚麼事兒不知道。可可今日婦人。到明明開了一條六路。教他入港。于是滿面堆笑道。嫂子說那裡話。比來比來相交朋友做甚麼我已定苦心諫哥嫂子放心婦人又道了萬福又叫小丫鬟拿了一盞果仁泡茶來銀匙雕漆茶鍾西門慶吃畢茶說道我回去罷嫂子仔細門戶于是告辭歸家自此這西門慶就安心設計圖謀這婦人屢屢安下應伯爵謝希大這夥人把子虛掛住在院裡飲酒過夜他便脫身來家一徑在門首站立着看見婦人領着兩箇丫鬟正在門首看見西門慶在門前咳嗽一回走過東來又往西去或在對門站立把眼不住望門裡睃着婦人影身在門裡見他來便閃進裡面他過去了又探頭去瞧兩箇眼意心期已在不言之表一日西門慶門首正站立間婦人使過小丫鬟秀春來請西門慶故意問道姐姐你請我做甚麼你爹在家裡不在秀春道俺爹不在家娘請

西門爹問句話兒。這西門慶得不的此一聲連忙走過來。讓到客位內坐下。良久婦人出來。道了萬福便道。前日多承官人厚意。奴銘刻于心。知感不盡。拙夫從昨日出去。一連兩日不來家了。不知官人曾會見他來不曾。西門慶道。他昨日同三四箇在鄭家吃酒。我偶然有些小事就來了。今日我不曾得進去。不知他還在那裡沒在。若是我在那裡。有箇不催促哥哥早來家的。恐怕嫂子憂心。婦人道。正是這般說。只是奴吃他恁不聽人說。常時在前邊眠花臥柳。不顧家事的虧。西門慶道。論起哥來。仁義上也好。只是有這一件兒。說着。小丫鬟拿茶來吃了。那西門慶恐子虛來家。不敢久戀。就要告歸。婦人千叮萬囑。央西門慶明日到那裡。好歹勸他早來家。奴恩有報。已定重謝官人。西門

慶道嫂子沒的說。我與哥是那樣相交。說畢。西門慶家去了。到
次日。花子虛自院中囘家。婦人再三埋怨。說道。你便外邊貪酒
戀色。多虧隔壁西門大官人。兩次三番。顧睦你來家。你買分禮
兒知謝知謝他。方不失了人情。那花子虛連忙買了四盒禮物。
一罈酒。使小廝天福兒送到西門慶家。西門慶收下。厚賞來人
不題。有吳月娘便說。花家如何送你這分禮。西門慶道。此是花
二哥。前日請我們在院中。與吳銀兒做生日。醉了。被我攙扶了
他來家。又見我常時院中勸他休過夜。早早來家。他娘子兒因
此感不過我的情。想對花二哥說。買了此禮來謝我。那吳月娘
聽了。與他打了箇問訊。說道。我的哥哥。你自顧了你罷。又泥佛
勸土佛。你也成日不着箇家。在于養女調婦。又勸人家漢子。又

道你莫不自受他這分禮。因問他帖兒上寫着誰的名字。若是他娘子的名字。今日寫我的帖兒請他娘子過來坐坐。他已只恁要來咱家走走哩。若是他男子漢名字。隨你請不請。我不管你。西門慶道。是花二哥名字。我明日請他便了。次日西門慶果然治盃請過這花子虛來。吃了一日酒歸家。李瓶兒說。你不要差了禮數。咱送了他一分禮。他左右還請你過去吃了一席酒。你改日另治一席酒請他。只當回席也是好處。光陰迅速。又早九月重陽令節。這花子虛假着節下。叫了兩個妓者。具柬請西門慶過來賞菊。又邀應伯爵謝希大。祝日念孫寡嘴四人相陪。傳花擊鼓。懽樂飲酒。有詩為証。

烏兔循環似箭忙　人間佳節又重陽

千枝紅樹粧秋色　三徑黃花吐異香
不見登高烏帽客　還思捧酒綺羅娘
秀簾瑣闥私相覷　從此恩情兩不忘

當日衆人飲酒。到掌燈之後。西門慶忽下席來。外邊更衣解手。不防李瓶兒正在遮槅子外邊站立偷覷。兩箇撞了箇滿懷。西門慶廻避不及。婦人走于西角門首。暗暗使丫鬟秀春黑影裡走到西門慶根前。低聲說道。俺娘使我對西門爹說。少吃酒。早早回家。如今便打發我爹往院裡歇去。晚夕娘如此這般。要和西門爹說話哩。這西門慶聽了。懽喜不盡。小解回來。到席上連偷酒在懷。唱的左右彈唱遞酒。只是粧醉再不吃。看看到一更時分。那李瓶兒不住走來簾外窺覷。見西門慶坐在上面。只推做打肫。那應伯爵謝希大。如同箇子釘在椅子上。正吃的箇定油兒。自不起身。熬的祝日念孫寡嘴也去了。他兩箇還不動。把箇李瓶兒急的要不的。西門慶已是走出來。被花子虛再不放說道。今日小弟沒敬心。哥怎的自不肯坐。西門慶道。我本醉了吃不去。于是故意東倒西歪。教兩箇小廝扶歸家去了。應伯爵道。他今月不知怎的。自不肯吃酒。吃了沒多酒。就醉了。既是東家費心。難爲兩箇姐兒在此。拏大鍾來。咱每再週四五十輪散了罷。李瓶兒在簾外聽見。罵涎臉的囚根子不絕。暗暗使小廝天喜兒。請下花子虛來。分付說。你既要與這夥人吃。趁早與我院裡吃去。休要在家裡聒噪。我半夜三更。熬油費火。我那裡耐煩。花子虛道。這咱晚我就和他們院裡去。也是來家不成。你休

再麻犯我是的婦人道你去我不麻犯便了這花子虛得不的
這一聲走來對衆人說如此這般我們往院裡去應伯爵道真
箇嫂子有此話休哄我你再去問聲嫂子來咱好起身子虛道
房下剛纔已是說了教我明日來家謝希大道可是來自吃應
花子這等韶刀哥剛纔已是討了老脚來咱去的也放心于是
連兩箇唱的都一齊起身進院天福兒天喜兒跟花子虛等三
人到後巷吳銀兒家已是二更天氣叫開門吳銀兒已是睡下
旋起來堂中秉燭迎接入裡面坐下應伯爵道你家孤老今日
請俺們賞菊飲酒吃的不割不截的又邀了俺每進來你這裡
有酒拏出俺每吃且不說花子虛在院裡吃酒单表西門慶推
醉到家走到潘金蓮房裡剛脫了衣裳就往前邊花園裡去坐

单等李瓶兒那邊請他。良久。只聽的那邊趕狗關門。少頃只見丫鬟迎春。黑影影裡扒着墻。推叫猫。看見西門慶。坐在亭子上。遞了話。這西門慶掇過一張卓櫈來。踏着。暗暗扒過墻來。這邊已安下梯子。李瓶兒打發子虛去了。已是摘了冠兒。亂挽烏雲。素體濃粧。立于穿廊下。看見西門慶過來。歡喜無盡。迎接進房中。掌着燈燭。早已安排一卓齊齊整整酒餚果菜。小壺内滿貯香醪。婦人雙手高擎玉斝。迎春執壺遞酒。向西門慶深深道了萬福。說道一向感謝官人。官人又費心相謝。使奴家心下不安。今日奴自治了這杯淡酒。請官人過來。聊盡奴一點薄情。又撞着兩個天殺的涎臉。只顧坐住了。急的奴要不的。剛纔吃我都打發他往院裡去了。西門慶道。只怕二哥還來家麼。婦人道。奴巳分付過夜不來了。兩箇小厮都跟去了。家裡再無一人。只是這兩箇丫頭。一箇馮媽媽看門首是奴從小兒養娘。心腹人。前後門都巳關閉了。西門慶聽了。心中甚喜。兩箇于是並肩疊股。交盃換盞。飲酒做一處。迎春旁邊斟酒。秀春往來拿菜兒。吃得酒濃時。錦帳中香薰鴛被。設放珊枕。兩個丫鬟擡開酒卓。拽上門去了。兩人上牀交歡。原來大人家有兩層窓寮。外面爲窓。裡面爲寮。婦人打發丫鬟出去。關上裡邊兩扇窓寮。房中掌着燈燭。外邊通看不見。這迎春丫鬟。今年巳十七歲頗知事體。見他兩個今夜偷期。悄悄向窓下。用頭上簪子。挺簽破窓寮上紙。往裡窺覷。端的二人怎樣交接。但見燈光影裡。鮫綃帳內。一來一往。一撞一冲。這一個玉臂忙搖。那一個金蓮高舉。這一個鶯聲嚦嚦那一個燕語喃喃好似君瑞遇鶯娘尤若宋玉偷神女山盟海誓依稀耳中蝶戀蜂恣未肯即罷戰良久被番紅浪靈犀一點透酥胸鬪多時帳构銀鈎眉黛兩彎垂玉臉那正是三次親唇情越厚一酥麻體與人偷這房中二人雲雨不料迎春在窓外聽看了個不亦樂乎聽見他二人說話西門慶問婦人多少青春李瓶兒道奴屬羊的今年二十三歲因問他大娘貴庚西門慶道房下屬龍的二十六歲了婦人道原來長奴三歲到明日買分禮物過去看看大娘只相不敢親近西門慶道房下自來好性兒不然我房裡怎生容得這許多人見婦人又問你頭裡過這邊來他大娘知道不知倘或問你時你怎生回答西門慶道俺房下都在後邊第四層房子裡惟有我第五個小妾

潘氏在這前邊花園內獨自一所樓房居住他不敢管我婦人
道他五娘貴庚多少西門慶道他與大房下都同年婦人道又
好了若不嫌奴有玷奴就拜他五娘做個姐姐罷到明日討他
大娘和五娘的腳樣兒來奴親自做兩雙鞋兒過去以表奴情
婦人便向頭上關頂的金簪兒拔下兩根來遞與西門慶分付
若在院裡休要叫花子虛看見西門慶道這理會得當下二人
如膠如漆盤桓到五更時分窗外雞鳴東方漸白西門慶恐怕
子虛來家整衣而起婦人道你照前越墻而過兩個約定暗號
兒但子虛不在家這邊使丫鬟立墻頭上暗暗以咳嗽爲號或
先丟塊瓦兒見這邊無人方纔上墻叫他西門慶便用梯凳扒
過墻來這邊早安下腳手接他兩個隔墻酧和竊玉偷香又不

由大門裡行走。街坊隣舍。怎得曉的。暗地裡事有詩為証。

吃食少添鹽醋　不是去處休去

要人知重勤學　怕人知事莫做

却說西門慶天明。依舊扒過墻來。走到潘金蓮房裡。金蓮還睡未起。因問你昨日三不知又往那去了。一夜不來家。也不對奴說一聲兒西門慶道花二哥又使了小廝。邀我往院裡去。吃了半夜酒。脫身纔走來家。金蓮雖故信了。還有幾分疑影在心中。一日同孟玉樓飯後的時分。在花園裡亭子上。坐着做針指。只見掠過一塊瓦兒來。打在面前。那孟玉樓低着納鞋沒看見。這潘金蓮单把眼四下觀盼影影綽綽。只見一個白臉在墻頭上探了探。就下去了。金蓮忙推玉樓。指與他瞧。說道三姐姐

你看這個是隔壁花家那大丫頭。不知上墻瞧花兒。看見俺們
在這裡。他就下去了。說畢也不就罷了。到晚夕西門慶自外赴
席來家。進金蓮房中。金蓮與他接了衣裳。問他飯不吃茶也不
吃。趔趄着脚兒。只往前邊花園裡走的。這潘金蓮賊留心。暗暗
看着他坐了好一回。只見先頭那丫頭。在墻頭上打了個照面。
這西門慶就躧着梯櫈。過墻去了。那邊李瓶兒入房中。兩個廝
會。不必細說。這潘金蓮歸到房中。番來覆去。通一夜不曾睡到
天明。只見西門慶過來。推開房門。婦人一逕睡在牀上不理他。
那西門慶先帶幾分愧色。挨近他牀邊坐下。婦人見他來。跳起
來坐着。一手撮着他耳朶。罵道好負心的賊。你昨日端的那去
來。把老娘氣了一夜。又說沒曾揞住你。你原來幹的那繭兒。我

已是曉的不耐煩了。趁早實說。從前巳往。隔壁花家那淫婦得手偷了幾遭。一一說出來。我便罷休。但瞞着一字兒。到明日你前脚兒但過那邊去了。後脚我這邊就吆喝起來。教你負心的囚根子死無葬身之地。你安下人標住他漢子在院裡過夜。是裡要他老婆。我教你吃不了包着走。嗔道昨日大白日裡。我和孟三姐在花園裡做生活。只見他家那大了頭在墻那邊探頭舒腦的。原來是那淫婦使的勾使鬼來勾你來了。你還哄我老娘。前日他家那忘八半夜叫了你往院裡去。原來他家就是院裡。這西門慶不聽便罷。聽了此言。慌的粧矮子。只跌脚跪在地下。笑嘻嘻央及說道。怪小油嘴兒。禁聲些。實不瞞你。他如此這般。問了你兩個的年紀。到明日討了鞋樣去。每人替你做雙鞋兒要拜認你兩個做姐他情愿做妹子。金蓮道我是不要那淫婦認甚哥哥姐姐的他要了人家漢子又來献小慇懃兒唆哄人家老公。我老婆眼裡放不下砂子的人肯叫你在我根前弄了鬼兒去了。說着。一隻手把他褲子扯開只見他那話軟仃儅。銀托子還帶上面。問道你實說晚夕與那淫婦弄了幾遭。西門慶道弄到有數兒的只一遭。婦人道。你指着你這旺跳的身子。賭個誓。一遭就弄的他恁軟如鼻涕濃如醬恰似風癱了的一般有些硬朗氣兒也是人心。說着把托子一揪掛下來。罵道沒羞的黃貓黑尾的強盜嘆道教我那裡沒尋。原來把這行貨子悄地帶出。和那淫婦合搗去了。那西門慶便滿臉兒陪笑兒說道。怪小淫婦兒麻犯人死了他再三教我稍了上覆來。他到明日過來與你磕頭還要替你做鞋昨日使丫頭替了吳家的樣子去了今日教我稍了這一對壽字簪兒送你于是除了帽子向頭上拔將下來遞與金蓮金蓮接在手內觀看却是兩根番紋低板石青填地金玲瓏壽字簪兒乃御前所製造宮裡出來的甚是奇巧金蓮滿心歡喜說道既是如此我不言語便了等你過那邊去我這裡與你兩個觀風教你兩個自在搗你心下如何那西門慶喜歡的雙手摟抱着說道我的乖乖的兒正是如此不枉的養兒不在阿金溺銀只要見景生情我到明日稍已買一套粧花衣服謝你婦人道我不信那蜜口糖舌既要老娘替你二人週全要依我三件事西門慶道不拘幾件我都依婦人道頭一件不許你往走院裡去第二件要依我說話第

三件你過去和他睡了來家。就要告我說。一字不許你瞞我。西門慶道這個不打緊處。都依你便了。自此為始西門慶過去睡了來就告婦人說。李瓶兒怎的生得白淨。身軟如綿花瓜子一般好風月。又善飲俺兩個帳子裡放着菓盒看牌飲酒。常頑要半夜不睡。又向袖中取出一個物件的兒來。遞與金蓮瞧道此是他老公公內府畫出來的。俺兩個點着燈看着上面行事。金蓮接在手中。展開觀看有詞為証。

內府衢花綾表。牙籤錦帶粧成。大青大綠細描金。鑲嵌手方乾淨女賽巫山神女。男如宋玉郎君。雙雙帳內慣交鋒。解名二十四。春意動関情。

金蓮從前至尾看了一遍。不肯放手。就交與春梅。好生收我箱

子內早晚看着要子西門慶道你看兩日還交與我此是人的
愛物兒我借了他來家瞧瞧還與他金蓮道他的東西如何到
我家我又不曾從他手裡要將來就是他打不出去西門慶道
你沒問他要我却借將來了惟小奴才兒休作耍因赶着奪那
手卷金蓮道你若奪一奪兒賭個手段我就把他扯得稀爛大
家看不成西門慶笑道我也沒法了隨你看畢了與他罷麽你
還了他這個去他還有個稀奇物件兒哩到明日我要了來與
你金蓮道我兒誰養的你恁乖你拿了來我方與你這手卷去
兩個嚷鬧了一回晚夕金蓮在房中香薰鴛被款設銀燈艷粧
澡牝與西門慶展開手卷在錦帳之中效于飛之樂看官聽說
巫蠱魘昧之事自古有之觀其金蓮自從教劉瞎子回背之後

不上幾時。就生出許多枝節。使西門慶變嗔怒而爲寵愛。化幽
辱而爲歡娛。再不敢制他。出三不信我。正是饒你奸似鬼。也吃
洗脚水。有詩爲証。

記得書齋作會時。雲蹤雨跡少人知。曉來鸞鳳栖雙枕。剔盡
銀缸半吐輝。思往事。夢魂迷。今宵喜得效于飛。顛鸞倒鳳無
窮樂。從此雙雙永不離。

畢竟未知後來何如。且聽下回分解。

第十四回　花子虛因氣喪身

李瓶兒迎姦赴會

第十四回

花子虛因氣喪身　李瓶兒送奸赴會

眼意心期未即休　不堪拈弄玉搔頭
春回笑臉花含媚　淺感蛾眉柳帶愁
粉暈桃腮思伉儷　寒生蘭室盼綢繆
何如得遂相如志　不讓文君詠白頭

話說一日吳月娘心中不快。吳大娘子來看。月娘留他住兩日。正陪着在房中坐的。忽見小廝玳安抱進毡包來。說爹來家了。吳大妗子。便往李嬌兒房裡去了。少頃西門慶進來。脫了衣服坐下。小玉拿茶來也不吃。月娘見他面帶幾分憂色。便問你今日會茶來家忒早。西門慶道今該常時節會。他家沒地方。請了俺們在門外。五里原永福寺去耍子。有花大哥邀了應二哥。俺們四五個。往院裡鄭愛香兒家吃酒。正吃在熱鬧處。忽見幾個做公的進來。不由分說。把花二哥拿的去了。把衆人諕的吃了一驚。我便走到李桂姐家。躲了半日。不放心使人打聽。原來是花二哥内臣家。房族中花大花三花四。告家財。在東京開封府。遞了狀子。批下來着落本縣拿人。俺每纔放心。各人散歸家來。月娘聞言便道。正該。鎮日跟着這夥人喬神道。想着個家。只在外邊胡撞。今日只當丟出事來。纔是個了手。你如今還不心死。到明日不吃人爭鋒厮打。群到那裡。打個爛羊頭。你肯斷絕了這條路兒。正經家裡老婆好言語說着你肯聽。只是院裡淫婦在你跟前。說句話兒。你到着人個耳朶聽他。正是人家說着耳邊風外人說着金字經西門慶笑道誰人敢七個頭八個膽打我月娘道你這行貨子只好家裡嘴頭子罷了若上場兒誰的看出那嘴舌來了正說着只見玳安走來說隔壁花二娘家使了天福兒來請爹過那邊去說話這西門慶得不的一聲兒趨趄脚兒就往外走月娘道明日沒的教人扯你把西門慶道切隣間不妨事我去到那裡看他有甚麽話說當下走過花子虛家來李瓶兒使小廝請到後邊說話只見婦人羅衫不整粉面慵粧從房裡出來臉諕的蠟查也似黃跪着西門慶再三哀告道大官人沒耐何不看僧面看佛面常言道家有患難鄰保相助因奴拙夫不聽人言把着正經家事兒不理只在外信着人成日不着家今日只當吃人暗算弄出這等事來着緊這時

節方對小廝說將來教我尋人情救他。我一個女婦人。沒腳蟹。那裡尋那人情去。發狠起將來想着他。恁不依他說。拿到東京打的他爛爛的不虧。只是難爲過世老公的名子。奴沒奈何請將大官人來。央及大官人。把他不要題起罷。千萬只看奴之薄面。有人情好歹尋一個兒。只休教他吃凌逼便了。西門慶見婦人下禮。連忙道。嫂子請起來不妨。今日我還不知。因爲了甚勾當。俺每都在鄭家吃酒。只見幾個做公的人。把哥拿的到東京去了。婦人道。正是一言難盡。此是俺過世老公。公連房大姪兒。花大花三花四。與俺家都是叔伯兄弟。大哥喚做花子由。三哥喚花子光。第四個的叫花子華。俺這個名花子虛。却是老公公嫡親姪兒。雖然老公公掙下這一分家財。見俺這個兒不成

器。從廣東回來把東西只交付與我手裡收着。着緊還打倘棍
兒那別的越發打的不敢上前。去年老公公死了。這花大花二
花四。也於分了些床帳家去了。只見一分銀子兒沒曾得。我便
說多少與他些也罷了。倒這個成日只在外邊胡幹。把正經事
兒通不理一理兒。今日手暗不透風。却教人弄下來了。說畢放
聲大哭。西門慶道嫂子放心。我只道是甚麼事來。原來是房分
中告家財事。這個不打緊處。既是嫂子分付。哥的事兒就是我
的事。我的事就如哥的事一般。隨問怎的我在下謹領。婦人問
道官人若肯下顧時。又好了。請問尋分上用多少禮兒。奴好預
備。西門慶道也用不多。聞得東京開封府楊府尹。乃蔡太師門
生。蔡太師與我這四門親家楊提督。都是當朝天子面前說得

話的人。拿兩個分上。齊對楊府尹說。有個不依的。不拘多大事
情也了了。如今倒是蔡太師用些禮物。那提督楊爺與。我舍下
有親。他肯受禮。婦人便往房裡。開箱子。搬出六十定大元寶。共
計三千兩。教西門慶收去。尋人情上下使用。西門慶道。只消一
半足矣。何消用得許多。婦人道。多的大官人收去。奴牀後邊有
四口描金箱櫃。蟒衣玉帶。帽頂縧環。提繫條脫。值錢珍寶。玩好
之物。亦發大官人替我收去。放在大官人那裡。奴用時取去。趂
奴不思個防身之計。信著他往後過不出好日子來。眼見得
三拳迭不得四手。到明日沒的把這些東西兒吃人暗算奪
了去。坑閃得奴三不歸。西門慶道。只怕花二哥來家尋問怎了。
婦人道。這個都是老公公在時。梯己交與奴收着的之物。他一

字不知。只官人只顧收去。西門慶說道。既是嫂子恁說。我到家叫人來取。于是一直來家。與月娘商議。月娘說。銀子便用食盒叫小廝擡來。那箱籠東西。若從大門裏來。教兩邊街房看着不惹眼。必須如此如此。夜晚打墻上過來。方隱密些。西門慶聽言大喜。即令來旺兒玳安兒來興平安。四個小廝。兩架食盒。把三千兩金銀。先擡來家。然後到晚夕月上的時分。李瓶兒那邊同兩個丫鬟迎春繡春。放卓櫈把箱櫃挨到墻上。西門慶這邊止是月娘金蓮春梅。用梯子接着。墻頭上鋪苫氊條。一個個打發過來。都送到月娘房中去。你說有這等事。要得富。險上做。有詩為證。

富貴自是福來投　利名還有利名憂

命裡有時終須有　命裡無時莫強求

西門慶收下他許多軟細金銀寶物鄰舍街坊俱不得知道連夜打點馱裝停當求了他親家陳宅一封書青家人上東京一路朝登紫陌暮踐紅塵有日到了東京城內交割楊提督書禮轉求內閣蔡太師柬帖下與開封府楊府尹這府尹名喚楊時別號龜山乃陝西弘農縣人氏由癸未進士陞太理寺卿今陞開封府裡極是個清廉的官兒蔡太師是他舊府座主楊戩又是當道時臣如何不做分上這裡西門慶又煩星夜稍書花子虛知道說人情都到了等當官問你家則下落只說都花費無存止是房產庄田見在恰說一日楊府尹陞廳六房官吏俱都祇候但見

為官清正。作事廉明。每懷惻隱之心。常有仁慈之念。爭田奪
地。辨曲直而後施行。鬭毆相爭。審輕重方使決斷。閑則撫琴
會客。也應分理民情。雖然京兆宰臣官。果是一邦民父母。
當日楊府尹陞廳。監中提出花子虛來。等一干人上廳跪下。審
問他家財下落。那花子虛口口只說。自從老公公死了。發送念
經。都花費了。止有宅舍兩所。庄田一處。見在。其餘床帳家火物
件。俱被族人分扯一空。楊府尹道。你每內官家財。無可稽考。得
之易。失之易。既是花費無存。批仰清河縣委官。將花太監住宅
二所。庄田一處。估價變賣。分給花子由等三人回繳。子由等還
要當廳跪稟。還要監追子虛要別項銀兩下落。被楊府尹大怒
都喝下來了。說道。你這廝少打。當初你那內相一死之時。你每

不肯做甚麽來如今事情往又來騷擾費告我紙筆于是把花
子虛一下兒也沒打批了一道公文押發清河縣前來估計庄
宅不在話下早有西門慶家人來保打聽這消息星夜回來報
知西門慶門慶聽的楊府尹見了分上放出花子虛來家滿心
歡喜這裡李瓶兒請過西門慶去計議要教西門慶拿幾兩銀
子買了所住的宅子罷到明日奴不久也是你的人了西門慶
歸家與吳月娘嘀議月娘道隨他當官估價賣多少你不可承
攬要他這房子恐怕他漢子一時生起疑心來怎了這西門慶
聽記在心那消幾日花子虛來家清河縣委下樂縣丞丈估計
太監大宅一所坐落大街安慶坊值銀七百兩賣與王皇親爲
業南門外庄田一處值銀六百五十五兩賣與守備周秀爲業

止有住居小宅。值銀五百四十兩。因在西門慶緊隔壁。沒人敢買。花子虛再三使人來說。西門慶只推沒銀子。延挨不肯上帳。縣中緊等要回文書。李瓶兒急了。暗暗使過馮媽媽來。對西門慶說。教拿他寄放的銀子。兌五百四十兩買了罷。這西門慶方纔依允。當官交兌了銀兩。花大哥都畫了字。連夜做文書。回了上司。共該銀二千八百九十五兩。三人均分訖。花子虛打了一場官司出來。沒分的絲毫。把銀兩房舍庄田。又沒了。兩箱內三千兩大元寶。又不見踪影。心中甚是焦燥。因問李瓶兒查筭西門慶那邊使用銀兩下落。今剩下多少。還要湊着添買房子。反吃婦人整罵了四五日。罵道。呸。魍魎混沌。你成日放着正事兒不理。在外邊眠花臥柳。不着家。只當被人所筭。弄成圈套。拿在牢裡。使將人來對我說。教我尋人情。奴是個女婦人家。大門邊兒也沒走。能走不能飛。曉的甚麼。認的何人。那裡尋人情。渾身是鐵。打得多少釘兒。替你到處求爹爹。告奶奶。甫能尋得人情惜不種下急流之中。誰人來管你。多虧了他隔壁西門慶。看日前相交之情。大冷天。刮的那黃風黑風。使了家下人。往東京去。替你把事兒幹的停停當當的。你今日了畢官司出來。兩腳踏住平川地。得命思財。瘡好忘痛。來家還問老婆找起後帳兒來了。還說有也沒你過陰。有你寫來的帖子見在。沒你的手字兒。我擅自拿出你的銀子尋人情。抵盜與人。便難了。花子虛道。可知是我的帖子來說。實指望還剩下些。明湊着買房子過日子。往後知數拳兒了。婦人道。呸。濁才料。我不叫罵你的。你早有細好來囤頭兒上下算計。圈底兒下却算計。千也說使多了。萬也說使多了。你那三千兩銀子。能到的那裡。蔡太師楊提督。好小食腸兒。不是恁大人情。囑的話。平白拿了你一場。當官蒿條兒也沒曾打在你。這王八身上。好好放出來。教你在家裡恁說嘴。人家不屬你管轄。不倒你甚麼着疼的親故。平白怎替你南上北下。走跳使錢救你。你來家該擺席酒兒。請過人來知謝人一知謝兒。還一掃帚掃的人光光的。問人找起後帳兒來了。幾句連搽帶罵。罵的子虛閉口無言。到次日西門慶使了玳安送了一分禮來。與子虛壓驚。子虛這裡安排了一席。叫了兩個妓者。請西門慶來知謝。就找着問他銀兩下落。依着西門慶這還還找過幾百兩銀子。與他湊買房子。李瓶兒不肯。暗地使過馮媽媽子過來對西門慶說休要來吃酒開造了一篇花帳與他只說銀子上下打點都使沒了花子虛不識時還使小厮再三邀請西門慶一徑躲的往院裡去了只回不在家花子虛氣的發昏只是跌脚看官聽說大抵只是婦人更變不與男子漢一心隨你咬折釘子般剛毅之夫也難防測其暗地之事自古男治外而女治內往往男子之名都被婦人壞了者為何皆由御之不得其道故也要之在乎夫唱婦隨容德相感緣分相投男慕乎女女慕乎男庶可以保其無咎稍有微嫌輒顯厭惡若似花子虛終日落魄飄風謾無紀律而欲其內人不生他意豈可得乎正是自意得其墊無風可動搖有詩為証

功業如將智力求　當年盜跖卻封侯

行藏有義真堪羨　好色無仁豈不羞
郎蕩貪淫西門子　背夫水性女嬌流
子虛氣塞柔腸斷　他日冥司必報仇

話休饒舌後來子虛只擯湊了二百五十兩銀子買了獅子街一所房屋居住得了這口重氣剛搬到那裡不幸害了一場傷寒從十一月初旬睡倒在床上就不曾起來的對李瓶兒還請的大街坊胡太醫來看後來怕使錢只挨著一日兩兩日三挨到三十頭嗚呼哀哉斷氣身亡亡年二十四歲那手下的大小廝天喜兒從子虛病倒之時拐了五兩銀子走了無蹤跡子虛一倒了頭李瓶兒就使了馮媽媽請了西門慶過去與他商議買棺入殮念經發送子虛到墳上埋葬那花大花三花四一般見

男婦也都來吊孝送殯回來各都散了。西門慶那日也教吳月娘辦了一張卓席與他山頭祭奠當日婦人轎子歸家也回了一個靈位供養在房中雖是守靈一心只想着西門慶從子虛在時就把兩個了頭教西門慶要了。子虛死後越發通家往還一日正月初九日。李瓶兒打聽是潘金蓮生日。未曾過子虛五七就買禮坐轎子。穿白綾襖兒藍織金裙白苧布鬏髻珠子箍兒來與金蓮做生日馮媽媽抱氈包天福兒跟轎進門先與月娘插燭也磕了四個頭。說道前日山頭多勞動大娘受餓。又多謝重禮拜了月娘又請李嬌兒孟玉樓拜見了。然後潘金蓮來到說道這個就是五娘又磕下頭一口一聲稱呼姐姐請受奴一禮兒金蓮那裡肯受相讓了半日兩個還平磕了頭金蓮

又謝了他壽禮又有吳大妗子潘姥姥都一同見了李瓶兒便
請西門慶拜見月娘道他今日往門外玉皇廟打醮去了一面
讓坐下換茶來吃了良久只見孫雪娥走過來李瓶兒見他粧
飾少次與衆人便去起身來問道此位是何人奴不知不曾請
見的月娘道此是他姑娘哩這李瓶兒就要慌忙行禮月娘道
不勞起動二娘只拜平拜兒罷于是二人彼此拜畢月娘就讓
到房中換了衣裳分付丫鬟明間內放卓兒擺茶須臾圍爐添
炭酒泛羊羔安排上酒來當下吳大妗子潘姥姥李瓶兒上坐
月娘和李嬌兒主席孟玉樓和潘金蓮打橫孫雪娥回廚下照
管不敢久坐月娘見李瓶兒鍾鍾酒都不辭于是親自巡了一
遍酒又令李嬌兒衆人各巡酒一遍頗嘲問他話兒便說道花

二娘搬的遠了。俺姊妹們離多會少。好不思想。二娘狠心。就不說來看俺們。看見孟玉樓便道。二娘今日不是因與六姐做生日。還不來哩。李瓶兒道。好大娘三娘蒙眾娘擡舉。奴心裡也要來。一來熱孝在身。二者拙夫死了。家下沒人。昨日纔過了他五七。不是怕五娘怪。還不敢來。因問大娘貴降在幾時。月娘道。賤日早哩。潘金蓮接過來道。大娘生日八月十五。二娘好歹來走走。李瓶兒道。不消說。一定都來。孟玉樓道。二娘今日與俺姊妹相伴一夜兒呵。不往家去罷了。李瓶兒道。奴可知也要和眾位娘敘些話兒。不瞞眾位娘說。小家兒人家。初搬到那裡。自從拙夫沒了。家下沒人。奴那房子後墻。緊靠着喬皇親花園。好不空。晚夕常有狐狸打磚掠瓦。奴又害怕。原是兩個小廝。那個大小廝又走了，正是這個天福兒小廝看守前門，後半截通空落落的，倒虧了這個老馮是奴舊時人，常來與奴漿洗些衣裳，與丫頭做鞋腳累他。月娘因問老馮多大年紀，且是好個恩實媽媽兒，高言兒也沒句兒。李瓶兒道：他今年五十六歲，屬狗兒，男花女沒有，只靠說媒度日，我這裡常管他些衣裳兒。昨日拙夫死了，叫過他來與奴做伴兒，晚夕同丫頭一炕睡。潘金蓮嘴快說道：你又來，既有老馮在家裡看家，二娘在這過一夜兒也罷了，左右那花爹沒了，有誰管着你。玉樓道：二娘只依我，教老馮回了轎子不去罷。那李瓶兒只是笑不做聲。說話中間，酒過數巡，潘姥姥先起身往前邊去了，潘金蓮陪跟着他娘往房裡去了。李瓶兒再三辭奴的酒勾了。李嬌兒道：花二娘怎的在他大娘三娘手裡吃過酒。偏我逓酒。二娘不肯吃。顯的有厚薄。于是拿大杯只頭斟上。李瓶兒道。好二娘。奴委的吃不去了。豈敢做假。月娘道。二娘你吃過此杯。畧歇歇兒罷。那李瓶兒方纔接了。放在面前。只顧與眾人說話。孟玉樓見春梅立在傍邊。便問春梅你娘在前邊做甚麼哩。你去連你娘潘姥姥快請來。你說大娘請來陪你花二娘吃酒哩。春梅去不多時。回來道。俺姥姥害身上疼。睡哩。俺娘在房裡勻臉。就來。月娘道。我倒也沒見你倒是個主人家。把客人丟下。三不知往房裡去了。俺姐兒一日臉不知勻多少遭數。要便走的勻臉去了。諸般都好。只是有這些孩子氣。正說着。只見潘金蓮上穿了。沉香色潞紬雁啣蘆花樣對衿襖兒。白綾豎領。粧花眉子。溜金蜂趕菊鈕扣兒。下着一尺寬海馬潮雲羊皮金沿邊挑線裙子。大紅段子白綾高底鞋粧花膝褲青寶石墜子珠子箍。與孟玉樓一樣打扮。惟月娘是大紅段子袄青素綾披襖沙綠紬裙頭上帶着鬏髻貂鼠卧兔兒。玉樓在席上看見金蓮艷抹濃粧。鬢嘴邊撇着一根金壽字簪兒。從外搖擺將來。戲道五丫頭你好人兒。今日是你個驢馬畜。把客人丟在這裡。你躲房裡去了你可成人養的。那金蓮笑嘻嘻向他身上打了一下。玉樓道好大胆的五丫頭你還來遞一鍾兒李瓶兒道奴在三娘手裡吃了好少酒兒。已却勾了。金蓮道他的手裡是他手裡帳我也敢奉二娘一鍾兒。于是揎起袖子。滿斟一大杯。遞與李瓶兒。只顧放着不肯吃。月娘陪吳大妗子。從房裡出來。看見金蓮陪着李瓶兒坐的。問道他潘姥姥怎的不來陪花二娘坐。金蓮道。俺媽害身上疼。在房裡揸着哩。叫他不肯來。月娘因看見金蓮鬢上撇着那壽字簪兒。便問二娘你與六姐這對壽字簪兒是那裡打造的。倒且是好樣兒。倒明日俺每人照樣也配恁一對兒戴。李瓶兒道。大娘既要。奴還有幾兒到明日每位娘都補奉上一對兒。此是過世老公公宮裡御前作帶出來的。外邊那裡有這樣範。月娘道。奴取笑鬬二娘要子。俺姊妹們人多。那裡有這些相造。衆女眷飲酒歡笑看看日西時分。馮媽媽在後邊雪娥房裡。管待酒吃的臉紅紅的出來。催逼李瓶兒起身。不起身好打發轎子回去。月娘道。二娘不去罷。叫老馮回了轎子家去罷。李瓶兒只說家裡無人。改日再奉看列位娘有日子住哩。孟玉樓道。二娘好執古。俺衆人就沒些

分上兒如今不打發轎子等住回他爹來少不的也要留二娘
自這說話逼迫的李瓶兒就把房門鑰匙遞與馮媽媽說道既
是他衆位娘再三留我顯的奴不識敬重分付轎子回去教他
明日來接罷你和小廝家仔細門戶又叫過馮媽媽附耳低言教
大丫頭迎春拿鑰匙開我牀房裡頭一個箱子小描金頭面匣
兒裡拿四對金壽字簪兒你明日早送來我要送四位娘那馮媽
媽得了話拜辭了月娘月娘道吃酒去馮媽媽道我剛纔在後
邊姑娘房裡酒飯都吃了明日老身早來罷一面千恩萬謝出
門不在話下少頃李瓶兒不肯吃酒月娘請到上房同大妗子
一處吃茶坐的忽見玳安小廝抱進氊包西門慶來家掀開簾
子進來說道花二娘在這裡慌的李瓶兒蹌起身來兩個見了

禮坐下。月娘叫玉簫與西門慶接了衣裳。西門慶便對吳大妗
子李瓶兒說道。今日會門外玉皇廟聖誕打醮。該我年例做會
首。要不是過了午齋。我就來了。因與眾人在吳道官房裡筭帳
七担八柳纏到這咱晚。因問二娘今日不家去罷了。玉樓道。二
娘這裡再三不肯要去。被俺眾姊妹強着留下。李瓶兒道。家裡
沒人。奴不放心。西門慶道。沒的扯淡。這兩日好不巡夜的甚緊。
怕怎的。但有些風吹草動。拿我個帖送與周大人。點到奉行。又
道。二娘怎的冷清清坐着。用了些酒兒不曾。孟玉樓道。俺眾人
再三奉勸二娘。二娘只是推不肯吃。西門慶道。你們不濟。等我
奉勸二娘。二娘好小量兒。李瓶兒口裡雖說奴吃不去了。只不動
身。一面分付丫鬟從新房中放卓兒。都是留下伺候西門慶的。

整下飯菜蔬細巧菓仁擺了一張桌子吳大妗子知局趔趄推不用酒因往李嬌兒那邊房裡去了當下李瓶兒上坐西門慶拿椅子関席吳月娘在炕上跐着炉壺兒孟玉樓潘金蓮兩邊打横五人坐定把酒來斟也不用小鍾兒要大銀衢花鍾子你一杯我一盞常言風流茶說合酒是色媒人吃來吃去吃的婦人眉黛低横秋波斜視正是兩朶桃花上臉來眉眼施開眞色婦月娘見他二人吃的餳成一塊言頗涉邪有下上來往那邊房裡吳大妗坐去了由着他三個陪着吃到三更時分李瓶兒星眼乜斜身立不住拉金蓮往後邊淨手西門慶走到月娘這邊房裡亦東倒西歪問月娘打發他那裡歇月娘道他來與那個做生日就在那個兒房裡歇西門慶我在那裡歇宿月娘道

隨你那裡歇宿再不你也跟了他一處去歇罷西門慶笑道豈
有此禮因吽小玉來脫衣我在這房裡睡了月娘道就別要汗
邪休要惹我那沒好口的駡的出來你在這裡他大妗子那裡
歇西門慶道罷罷我往孟三兒房裡歇去罷于是往玉樓房中
歇了潘金蓮引着李瓶兒淨了手同往他前邊來晚夕和姥姥
一處歇臥到次日起來臨鏡梳頭春梅與他討洗臉水打發他
梳粧因見春梅伶变知是西門慶用過的丫鬟與了他一付金
三事兒那春梅連忙就對金蓮說了金蓮謝了又謝說道又劳
二娘賞賜他李瓶兒道不枉了五娘有福好個姐姐早辰金蓮
領着他同潘姥姥吽春梅開了花園門各處遊看了一遍李瓶
兒看見他那邊墻頭開了個便門通着他那壁便問西門爹幾

時起盖這房子。金蓮道。前者央陰陽看來。也只到這二月間與
工動土。收起要盖把二娘那房子打開通做一處。前面盖山子
捲棚。展一個大花園。後面還盖三間翫花樓。與奴這三間樓相
連做一條邊。這李瓶兒聽見在心。兩人正說話。只見月娘使了
小玉來。請後邊吃茶。三人同來到上房。吳月娘李嬌兒孟玉樓
陪着吳大妗子擺下茶等着哩。衆人正吃點心茶湯。只見媽媽
驀地走來。衆人讓他坐吃茶。馮媽媽向袖中。取出一方舊汗巾。
包着四對金壽字簪兒。遞與李瓶兒。接過來先奉了一對與月
娘。然後李嬌兒孟玉樓孫雪娥每人都是一對。月娘道。多有破
費二娘。這個却使不得。李瓶兒笑道。好大娘。甚麼罕希之物。胡
亂與娘們賞人便了。月娘衆人拜謝了。方纔各人插在頭上。月

娘道只說二娘家。門首就是燈市好不熱鬧。到明日俺們看燈去就到往二娘府上望望休要推不在家李瓶兒道奴到那日奉請衆位娘金蓮道姐姐還不知。奴打聽來。這十五日是二娘生日月娘道今日說道若道二娘貴降的日子俺姊妹一個也不少。老與二娘祝壽去李瓶兒笑道蝸居小舍。娘們肯下降奴已定奉請不一時吃罷早飯擺上酒來飲酒看看留連到日西時分轎子來接李瓶兒告辭歸家衆姊妹款留不住臨出門請西門慶拜見月娘道他今日早起身出門與縣丞送行去了。婦人千恩萬謝方纔上轎來家正是合歡核桃眞堪笑裡許原來別有人畢竟後來何如且聽下回分解。

金瓶梅

第十五回

佳人笑賞翫燈樓

狎客幫嫖麗春院

第十五回

佳人笑賞翫月樓　狎客幇嫖麗春院

日墜西山月出東　百年光景似飄蓬
點頭纔羨朱顏子　轉眼翻為白髮翁
易老韶華休浪度　掀天富貴等雲空
不如且討紅裙趣　依翠偎紅院宇中

話說光陰迅速、又早到正月十五日。西門慶這裡。先一日差小厮玳安。送了四盤羹菜、兩盤壽桃。一壜酒。一盤壽麵。一套織金重絹衣服。寫吳月娘名字。西門吳氏斂衽拜。送與李瓶兒做生日。李瓶兒纔起來梳粧。叫了玳安兒到臥房裡。說道前日打擾你大娘那裡。今日又教你大娘費心送禮來。玳安道。娘多上覆

我爹上覆二娘。不多些微禮。與二娘賞人。李瓶兒一面分付迎
春。外邊明間內放小卓兒擺了四盒茶食。管待玳安。臨出門與
二錢銀子。八寶兒一方閃色手帕。到家多上覆你列位娘。我這
裡使老馮拿帖兒請去。好歹明日都光降走走。玳安磕頭出門。
兩個擡盒子的與一百文錢。李瓶兒這裡隨即使老馮兒用請
書盒兒。拿着五個柬帖兒。十五日請月娘與李嬌兒。孟玉樓。潘
金蓮。孫雪娥。又稍了一個帖兒。暗暗請西門慶那日晚夕赴席。月
娘到次日。留下孫雪娥看家。同李嬌兒。孟玉樓。潘金蓮。四頂轎
子出門。都穿着粧花錦綉衣服。來興。來安。玳安。畫童。四個小厮
跟隨着。到獅子街燈市李瓶兒新買的房子。門面四間。到底三
層。臨街是樓。儀門去兩邊廂房三間。客座一間。稍間過道穿進

去第三層三間臥房一間廚房後邊落地緊靠着喬皇親花園李瓶兒知月娘衆人來看燈臨街樓上設放圍屏卓席懸掛許多花燈先迎接到客位內見畢禮數次讓入後邊明間內待茶房裡換衣裳擺茶俱不必細說到午間李瓶兒客位內設四張卓席叫了兩個唱的董嬌兒韓金釧兒彈唱飲酒凡酒過五巡食割三道前邊樓上酒席又請月娘衆人登樓看燈頑耍樓簷前掛着湘簾懸着彩燈吳月娘穿着大紅粧花通袖袄兒嬌綠段裙貂鼠皮袄李嬌兒孟玉樓潘金蓮都是白綾袄兒藍段裙李嬌兒是沉香色遍地金比甲孟玉樓是綠遍地金比甲頭上珠翠堆盈鳳釵半卸鬢後挑着許多各色燈籠兒搭伏定樓窗下觀看見那燈市中人烟湊集十分熱鬧當街搭數十座燈架

四下圍列些諸門買賣。玩燈男女。花紅柳綠。車馬轟雷。鰲山聳
漢。忽見好燈市。但見
山石穿雙龍戲水。雲霞映獨鶴朝天。金蓮燈。玉樓燈。見一片
珠璣。荷花燈。芙蓉燈。散千圍錦繡。繡毬燈。皎皎潔潔。雪花燈。
拂拂紛紛。秀才燈。揖讓進止。存孔孟之遺風。媳婦燈。容德溫
柔。効孟姜之節操。和尚燈。月明與柳翠相連。通判燈。鍾馗共
小妹並坐。師婆燈。揮羽扇假降邪神。劉海燈。倒背金蟾。戲吞
至寶。駱駝燈。青獅燈。馱無價之奇珍。咆咆哮哮。猿猴燈。白象
燈。進連城之秘寶。頑頑耍耍。七手八脚。螃蟹燈。倒戲清波。巨
口大髯。鮎魚燈。平吞綠藻。銀蛾鬬彩。雪柳爭輝。雙雙隨繡帶
香毬。縷縷拂華旛翠幰。魚龍沙戲。七真五老獻丹書。帛掛流

蘇九夷八蠻來進寶村裡社鼓隊共喧闐百戲貨郎俱庄庄齊鬪巧轉燈兒一來一往吊燈兒或仰或垂琉璃瓶光單美女奇花雲母障並瀛州閬苑往東看雕漆牀螺鈿牀金碧交輝向西瞧羊皮燈掠彩燈錦繡奪眼北一帶都是古董玩器南壁廂盡皆書畫瓶爐王孫爭看小欄下蹴鞠齊雲仕女相攜高樓上妖嬈衒色卦肆雲集相幙星羅講新春造化如何定一世榮枯有準又有那站高坡打談的詞曲楊恭到看這搧响鈸遊脚僧演說三藏賣元宵的高堆菓餡粘梅花的齊插枯枝剪春娥鬢邊斜插鬧東風禱凉釵頭上飛金光耀日圍屏畫石崇之錦帳珠簾彩梅月之雙清雖然覽不盡鰲山景也應豐登快活年

吴月娘看了一回。見樓下人亂。和李嬌兒各歸席上吃酒去了哩。惟有潘金蓮。孟玉樓同兩個唱的。只顧搭伏着樓窓子。望下人觀看。那潘金蓮一徑把白綾襖袖子摟着。顯他遍地金掏袖兒。露出那十指春葱來。帶着六個金馬鐙戒指兒。探着半截身子。口中磕瓜子兒。把磕了的瓜子皮兒都吐下來。落在人身上。和玉樓兩個嘻笑不止。一回指道。大姐姐。你來看那家房簷底下。掛了兩盞玉綉毬燈。一來一往。滾上滾下。且是到好看。一回又道。二姐姐。你來看這對門架子上。挑着一盞大魚燈。下面又有許多小魚鱉蝦蟹兒。跟着他。倒好耍子。一回又叫孟玉樓三姐姐。你看這首裡。這個婆兒燈。那老兒燈。正看着。忽然被一陣風來。把個婆子兒燈下半截割了一個大窟窿。婦人看見笑不了。引惹的那樓下看燈的人。挨肩擦背。仰望上瞧。通擠匝不開。都壓羅羅兒。須臾哄圍了一圈人。內中有幾箇浮浪子弟直指着談論。一個說道。巳定是那公侯府位裡出來的宅眷。一個又猜是貴戚皇孫家艷妾。來此看燈。不然。如何內家粧束。那一個說道。莫不是院中小娘兒。是那大人家。叫來這裡看燈彈唱。又一個走過來。便道。自我認的。你每都猜不着。你把他當唱的把後面那四個。放到那裡。我告說。這兩個婦人。也不是小可人家的。他是閆羅大王妻。五道軍將的妾。是咱縣門前開生藥鋪放官吏債。西門大官人的婦女。你惹他怎的。想必跟他大娘子來這裡看燈。這個穿綠遍地金比甲的。我不認的。那穿大紅遍地金比甲兒。上帶着個翠面花兒的。倒好似賣炊餅武大郎的娘子。大郎因爲在王婆茶房内捉姦。被大官踢中了死了。把他娶在家裡做了妾。後次他小叔武松東京回來告狀。悞打死了皂隸李外傳。被大官人墊發充軍去了。如今一二年不見出來。落的這等標致了。正說着只見一個多口過來。說道你們沒要緊。揹說他怎的。咱每散閙罷。樓上吳月娘。見樓下人圍的多了。吽了金蓮玉樓歸席坐下。聽着兩個粉頭彈唱燈詞飲酒坐了一回。月娘要起身。說道酒勾了。我和他二娘先行一步。留下他姊妹兩個。再坐一回兒。以盡二娘之情。今日他爹不在家。家裡無人。光丟着些丫頭們。我不放心。這李瓶兒那裡肯放。說道好大娘。奴沒敬心也是的。今日大娘來。兒沒好生揀一筯兒。大節間。燈兒也沒點飯兒也沒上。就要家去。就是西門爹不在家中。

還有他姑娘們哩。怕怎的待月色上來的時候。奴送三位娘去
月娘道。二娘不是這等說。我又不大十分用酒。留下他姊妹兩
個。就同我這裡一般。李瓶兒道。大娘不用二娘也不吃一鍾。也
沒這個道理。想奴前日在大娘府上。那等鍾鍾不辭。眾位娘竟
不肯饒我。今日來到奴這湫窄之處。雖無甚物供獻。也盡奴一
點勞心。于是拿大銀鍾。遞與李嬌兒說道。二娘好歹吃一杯兒。
大娘奴曉的吃不的了。不敢奉大杯。只奉小杯兒哩。于是滿斟
遞與月娘。因說李嬌兒。二娘你用過此杯罷。兩個唱的月娘每
人與了他二錢銀子。待的李嬌兒吃過酒。月娘起身。囑付玉樓
金蓮。我兩個先起身。我去便使小廝拿燈籠來接你們。也就來
罷。家裡沒人。玉樓應諾。李瓶兒送月娘李嬌兒到門首上轎去

了。歸到樓上。陪玉樓金蓮飲酒。看看天晚。玉兔東生。樓上點起燈來。兩個唱的彈唱飲酒。不在話下。却說西門慶。那日同應伯爵謝希大兩個家中吃了飯。同往燈市裡遊玩。到了獅子街東口。西門慶因為月娘衆人。今日都在李瓶兒家樓上吃酒。恐怕他兩個看見。就不往西街去看大燈。只到賣紗燈的根前就回了。不想轉過灣來。撞遇孫寡嘴。祝日念唱喏。說道。連日不會哥。心中渴想。見了應伯爵。謝希大。罵道。你兩個天殺的好人兒。你來和哥遊玩。就不說叫俺一聲兒。西門慶道。祝兄弟。你錯怪了他兩個。剛纔也是路上相遇。祝日念道。如今看了燈。往那裡去。西門慶道。同衆位兄弟。到大酒樓上吃三杯兒。不是請衆兄弟。房下們。今日都往人家吃酒去了。祝日念道。比是哥請俺每到

酒樓上。咱何不往裡邊。望望李桂姐去。只當大節間。往他拜拜
年去。混他混。前日俺兩個在他家。望着俺每好不哭哩。說他從
臘裡不好到如今。大官人通影邊兒。不進裡面看他看兒。俺每
便回說。只怕哥事忙。替哥推過了。哥今日倒閑。俺每情愿相伴
哥進去走走。西門慶因計掛着晚夕李瓶兒。還推辭道。今日我
還有小事不得去。明日罷。怎禁這夥人死拖活拽。于是同進去
院中。正是

柳底花陰壓路塵　一回遊賞一回新
不知買盡長安笑　活得蒼生幾戶貧

西門慶同眾人到了李家。桂卿正打扮着在門首站立。一面迎
接入中堂。相見了。都道了萬福。祝日念高叫道。快請二媽出來。

還虧俺眾人。今日請的大官人來了。少頃老虔婆扶拐而出。向西門慶見畢禮數。說道。老身又不曾怠慢了姐夫。如何一向不進來看看姐姐兒。想必別處另敘了新表子來。祝日念走來插口道。你老人家會猜筭。俺大官近日相絕色的表子。每日只在那裡閑走。不想你家桂姐兒。剛纔不是俺二人。在燈裡撞見拉他來。他還不來哩。媽不信。問孫天化就是了。因指着應伯爵。謝希大。說道。這兩個天殺的。和他都是一路神祇。老虔婆聽了。呷呷笑道。好應二哥。俺家沒惱着你。如何不在姐夫面前美言一句兒。雖故姐夫裡邊頭絮兒多。常言道。好子弟不闞一個粉頭。粉頭不接一個孤老。天下錢眼兒都一樣。不是老身誇口說。我家桂姐也不醜。姐夫自有眼。今也不消人說。孫寡嘴道。我是老實說哥如今新叙的這個表子。不是裡面的。是外面的表子。還把裡邊人合八教那西門慶聽了。趕着孫寡嘴只顧打。說道。老媽。你休聽這天灾人禍老油嘴弄殺人你。孫寡嘴和衆人笑成一塊西門慶向袖中掏出三兩銀子來遞與桂姐。大節間我請衆朋友桂卿哄道我不肯接遞與老媽。老媽說道怎麽兒姐夫就笑話我家大節下拿不出酒菜兒管待列位老爹。又教姐夫壞鈔拿出銀子。顯的俺們院裡人家只是愛錢了。應伯爵走過來說道老媽你依我收了只當正月裡頭二壬子快倉。快安排酒來俺每吃。那虔婆說道這個理上却使不得。一壁推辭一壁把銀子接的袖了。深深道了個萬福說道謝姐夫的布施。應伯爵道媽你且住我說個笑話兒你聽了。一個子弟在院裡闞小

娘兒那一日作耍裝做貧子進去老媽見他衣服藍縷不理他
坐了半日茶也不拿出來子弟說媽我肚飢有飯尋些來我吃
老媽道米囤也晒那討飯來子弟又道旣沒飯有水拿些來我
洗洗臉罷老媽道少挑水錢連日沒送水來這子弟向袖中取
出十兩一定銀子放在桌子上教買米顧水去慌的老媽沒口
子道姐夫吃了臉洗飯洗了飯吃臉把眾人都笑了虔婆道你
還是這等快取笑可可兒的來自古有恁說沒這事應伯爵道
你拿耳朵我對你說大官人新近請了花二哥表子後巷兒吳
銀兒了不要你家桂姐了今日不是我們纏了他來他還往你
家來哩虔婆笑道我不信俺桂姐今且不是強口比吳銀兒好
多着哩我家與姐夫是快刀兒割不斷的親戚姐夫是何等人

見他眼裡見的多着緊處金子也估出個成色來說畢客位內放四把校椅應伯爵謝希大祝日念孫天化四人上坐西門慶對席老媽下去收拾酒菜去了半日李桂姐出來家常挽着一窩絲杭州攢金累絲釵翠梅花鈿兒珠子箍兒金籠墜子上穿白綾對衿襖兒粧花眉子綠遍地金掏袖下着紅羅裙子打扮的粉粧玉琢望下不當不正道了萬福與桂卿一邊一個打橫坐下少頃頂老彩漆方盤拿七盞來雪綻盤盞兒銀杏葉茶匙梅桂潑滷瓜仁泡茶甚是馨香美味桂卿桂姐每人遞了一盞陪着吃畢茶接下茶托去保兒上來打抹春臺纔待收拾擺放案酒忽見簾子外探頭舒腦有幾個穿藍縷衣者謂之架兒進來跪下手裡拿三四升瓜子兒大節間孝順大老爹西門慶只

認頭一個叫于春兒問你每那幾位在這裡于春道還有段綿紗青聶鉞在外邊伺候段綿紗進來看見應伯爵在裡說道應爹也在這裡連忙磕了頭西門慶起來分付收了他瓜子兒打開銀子包兒捏一兩一塊銀子掠在地下于春兒接了和衆人扒在地下磕了個頭說道謝爹賞賜往外飛跑有朝天子单道這架兒行藏為証

這家子打和那家子撮合他的本分少虛頭大一些兒不巧人騰挪遶院裡都踅過席面上幫閑把牙兒閑磕攘一回纔散火轉錢又不多歪斯纏怎麼他在虎口裡求津唾

西門慶打發架兒出門安排酒上來吃酒桂姐滿泛金杯雙垂紅袖餚烹異品菓獻時新倚翠偎紅花濃酒艷酒過兩巡桂卿

外與桂姐。一個彈箏。一個琵琶。一個箏。兩個彈着。唱了一套壽景融和。正唱在熱鬧處。見三個穿青衣黃板鞭者。謂之圓社手裡捧着一個盒兒。盛着一隻燒鵝。提着兩瓶老酒。大節間來孝順大官人貴人。向前打了半跪。西門慶平昔認的。一個喚白禿子。一個是小張閑。那一個是羅回子。因說道。你每且外邊候候見。待俺每吃過酒。踢三跑。于是向卓上拾了四盤下飯。一大壺酒。一碟點心。打發衆員社吃了。整理氣毬齊備。西門慶出來。外面院子裡。先踢了一跑。又教桂姐上來。與兩個圓社踢。一個撑頭。一個對障。拘踢拐打之間。無不假喝彩奉承。就有些不到處都快取過去了。反來向西門慶面前討賞錢。說桂姐的行頭。比舊時越發踢熟了。撇來的丟拐。教小人每湊手腳不迭。再過一

二年。這遭院中。似桂姊妹這行頭。就數一數二的。盖了群絶倫
了。強如二條巷董官女兒數十倍。當下桂姐踢了兩跑下來。使
的塵生眉畔。汗濕腮邊。氣喘吁吁。腰肢困乏。袖中取出春扇兒
搖涼。與西門慶携手並觀。看桂卿與謝希大張小閒踢行頭。白
秃子。羅回子。在傍虚撮脚兒。等漏往來拾毛。亦有朝天子一詞
單道這踢圓的始末爲証。

在家中也閒。到處刮涎。生理全不幹。氣毬兒不離在身邊。每
日街頭站。窮的又不趁。富貴他偏羡。從早辰只到晚。不得甚
飽飡。轉不的大錢。他老婆常被人包占。

西門慶正看着衆人在院内。打雙陸。踢氣毬飲酒。只見玳安騎
馬來接。悄悄附耳低言。說道。大娘二娘家去了。花二娘教小的

請爹。早些些過去哩。這西門慶聽了。暗暗叫玳安。把馬吊在後邊
門首等着。于是酒也不吃。拉桂姐房中。只坐了沒去。一回兒就
出來推淨手。于後門上馬。一溜烟走了。應伯爵使保兒去拉扯
西門慶只說。我家裡有事。那裡肯回來。教玳安拿了一兩五錢
銀子。打發三個圓社。李家恐怕他又往後巷吳銀兒家。使了丫鬟
直跟至院門首方回。應伯爵等衆人。還吃二更鼓纔散。正是嘈
罵由他嘈罵。歡娛我且歡娛。畢竟未知後來何如。且聽下回分
解。

第十六回　西門慶擇吉佳期

應伯爵追歡喜慶

第十六回

西門慶謀財娶婦　應伯爵喜慶追歡

傾城傾國莫相疑　巫水巫雲夢亦癡
紅粉情多銷駿骨　金蘭誼薄惜蛾眉
溫柔鄉裡精神健　窈窕風前意態奇
村子不知春寂寂　千金此夕故踟蹰

話說當日西門慶出離院門。玳安跟隨打馬逕到獅子街李瓶兒家門首下馬見大門閉的緊緊的就知堂客轎子家去了。一面叫玳安問馮媽媽開門西門慶進來李瓶兒堂中秉燭花冠齊整。素服輕盈正倚簾櫳口中磕瓜子兒見西門慶來。忙輕移蓮步款蹙湘裙下階迎接笑道你早來些兒。他三娘五娘還在這裡只剛纔轎子起身。往家裡去了。今日他大娘去的早。說你不在家。那裡去了。西門慶道。今日我和應二哥謝子純。早辰看燈。打你門首過去來。不想又撞見兩個朋友。都拉去院裡。家走撞到這咱晚。我又恐怕你這裡等候。小廝去時。教我推淨手。打後門遛了。不然必吃他們掛住了。休想來的成。李瓶兒道。適間多謝官人重禮。他娘每又不肯坐。只說家裡沒人。教奴到沒意思的。于是重篩美酒。再設佳餚。堂中把花燈都點上。放下暖簾來。金爐添獸炭。寶篆爇龍涎。春臺上高堆異品。看杯中香醪滿泛。婦人遞與西門慶酒。磕下頭去。說道。拙夫已故。舉眼無親。今日此杯酒。只靠官人與奴作個主兒。休要嫌奴醜陋。奴情愿與官人鋪牀叠被。與衆位娘子。作個姊妹。奴死也甘心。不知官人心下如何說着滿眼落淚西門慶一壁接酒一壁笑道你請起來旣蒙你厚愛我西門慶銘刻于心待你孝服滿時我自有處不勞你費心今日是你的好日子咱每且吃酒西門慶于是吃畢亦滿斟了一杯回奉婦人安他上席坐下馮媽媽单管厨下看菜兒須臾拿麵上來吃西門慶因問李瓶兒今日是董嬌兒韓金釧兒兩個在這裡臨晚送他三娘五娘家中討花兒去了西門慶坐席左兩個在席上交杯換盞飲酒迎春秀春兩個丫鬟在傍斟酒下菜伏侍只見玳安上來扒在地下與李瓶兒磕頭拜壽李瓶兒連忙起身還了萬福分付迎春教老馮厨下看壽麵點心下飯拿一壺酒與玳安吃西門慶分付吃了早些回馬家去罷李瓶兒道到家裡你娘問只休說你爹在這裡玳安

道小的知道只說爹在裡邊過夜明日早來接爹就是了西門慶便點了點頭兒當下把李瓶兒喜歡的要不的說道好個乖孩子眼裡說話即令迎春拿二一錢銀子節間叫買瓜子兒磕明日你拿個樣兒來我替你做雙好鞋兒穿那玳安連忙磕頭說小的怎麼敢走到下邊比了酒飯帶馬出門馮媽媽把大門上了拴李瓶兒同西門慶猜枚吃了一回又拿一副三十二扇象牙牌兒卓上鋪茜紅苫條兩個燈下抹牌飲酒吃一回分付迎春房裡秉燭原來花子虛死了迎春秀春都已被西門慶要了以此凡事不避他教他收拾牀鋪拿菓盒杯酒又在牀上紫錦帳中婦人露着粉般身子西門慶香肩相並玉體廝挨兩個看牌拿大鍾飲酒因問西門慶你那邊房子幾時收拾西門慶道

且待二一月間興工動土。連你這邊一所。通身打開。與那邊花園
取齊。前邊起蓋山子捲棚。花園耍子去處。還蓋三間玩花樓。婦
人因指道。奴這牀後茶葉箱內。還藏着四十斤沉香。二百斤白
蠟。兩罐子水銀。八十斤胡椒。你明日都般出來。替我賣了銀
子。湊着你蓋房子使。你若不嫌奴醜陋。到家好歹對大娘說。奴
情愿只要與娘們做個姊妹。隨問把我做第幾個的也罷。親親
奴捨不的你。說着眼淚紛紛的落將下來。西門慶慌把汗巾兒
替他抹拭。說道。你的情意。我知道也。待你這邊孝服滿。我那邊
房子蓋了。纔好。不然娶你過去。沒有住房。婦人道。既有實心娶
奴家去。到明好歹把奴的房蓋的與他五娘在一處。奴捨不的
他。好個人兒。與後邊孟家三娘見了。奴且親熱。兩個天生的打

粉也不題一兩個姊妹。只題一個錢兒生的一般。惟有他大娘性兒不是好的。快眉眼裡掃人。西門慶道。俺吴家的這個拙荊。他到好性兒哩。不然。手下怎生容得這些人。明日這邊與那邊。一發盖三間樓。與你居住。安兩個角門兒出入。你心下何如。婦人道。我的哥哥。這等纔可奴之意。于是兩個顛鸞倒鳳。淫慾無度。狂到四更時分。方纔就寢。枕上並肩交股。直睡到次日飯時不起來。婦人且不梳頭。迎春拿進粥來。只陪着西門慶吃了上半盞粥兒。又拿酒來。二人又吃。原來李瓶兒好馬爬着。教西門慶坐在枕上。他倒插花往來自動。兩箇正在美處。只見玳安兒隔邊打門。騎馬來接西門慶。喚他在窗下問他說。玳安說。家中有三個川廣客人。在家中坐着。有許多細貨。要科兌與傅二叔。只

要一百兩銀子押合同。其餘八月中旬找完銀子。大娘使小的
來請爹家去。理會此事。西門慶道。你沒說我在這裡。玳安道。小
的只說爹在裡邊桂姨家。沒說在這裡。西門慶道。你看不曉事。
教他傅二叔打發他便了。又來請我怎的。玳安道。傅二叔講來
客人不肯。直等我爹去。方纔批合同。李嬌兒道。既是家中使了
孩子來請。買賣要緊。你不去。惹的他大娘不怪麼。西門慶道。你
不知。賊蠻奴才行市遲。貨物沒處發脫。纔來上門脫與人。遲半
年三個月找銀子。若快時。他就張致了。滿清河縣除了我家舖
子大。發貨多。隨問多少時。不怕他不來尋我。婦人道。買賣不與
道路為讐。只依奴到家打發了再來。也往後日子。多如柳葉兒
哩。西門慶于是依聽李嬌兒之言。慢慢起來。梳頭淨面。戴網巾。

穿衣服李瓶兒收拾飯與他吃、西門慶一直帶着個眼紗。騎馬來家、鋪子裡有四五個客人、等候秤貨兌銀。批了合同。打發去了、走到潘金蓮房中。便問你昨日往那裡去來。實說便罷。不然我就嚷的塵鄧鄧的。西門慶道、你們都在花家吃酒。我和他每燈市裡走了回來、同往裡邊吃酒過一夜。今日小廝接去。我纔來家。金蓮道、我知小廝去接。那院裡有你那魂兒罷麼。賊負心你還哄我哩。那淫婦昨日打發俺每來了。弄神弄鬼的。晚夕晌了你去合搗了一夜。合搗的了纔放來了。玳安這賊囚根子。久慣兒牢成、對着他大娘。又一樣話兒。對着我。又是一樣話兒。先是他回馬來家。他大娘又是問他、你爹怎的不來家。在誰家吃酒哩、他回話和應二叔衆人、看了燈回來。都在院裡李桂姨家

吃酒教我明早接去壁落後我叫了問他他笑不言詰問的急
了纔說爹在獅子街花二娘那裡賊囚根他怎的就知我何
你一心一計想必你叫他話來西門慶哄道我那裡教他于是
隱瞞不住方纔把李瓶兒晚夕請我去到那裡與我遞酒說定
過你每來了又哭哭啼啼告訴我說他沒人手後半截空晚夕
害怕一心要教我取他問已時收拾這房子他還有些香蠟細
貨也直幾百兩銀子教我會經紀替他打發銀子教我收湊着
蓋房子上緊修蓋他要和你一處住與你做了姊妹恐怕你不
肯婦人道我也不多着個影兒在這裡巴不的來總好我這裡
也空落落的得他來與老娘做伴兒自古船多不碍港車多不
碍路我不肯招他當初那個怎麼招我來攙奴甚麼分兒也怎

的倒只怕人心不似奴心你還問聲大姐姐去西門慶道雖故是恁說他孝服還未滿哩說畢婦人與西門慶盡脫白綾襖袖子裡滑浪一聲吊出個物件兒來拿在手內沉甸甸的紹彈子大認了半日竟不知甚麼東西但見

原是番兵出產逢人薦轉在京身軀瘦小內玲瓏得人輕借力展轉作蟬鳴解使佳人心胆慣能助腎威風號稱金面勇先鋒戰降功第一揚名勉子鈴

婦人認了半日問道是甚麼東西兒怎的把人半邊胳膊都麻了西門慶笑道這物件你就不知道了名喚做勉鈴南方勉甸國出產的好的也值四五兩銀子婦人道此物使到那裡西門慶道先把他放入爐內然後行事妙不可言婦人道你與李瓶

兒也幹來西門慶于是把晚間之事從頭告訴一遍說得金蓮
淫心頓起兩個白日裡掩上房門解衣上牀交歡正是不知子
晉緣何事纔學吹簫便作仙話休饒舌一日西門慶會了經紀
把李瓶兒牀後茶葉箱內堆放的香蠟等物都秤了斤兩共賣
了三百八十兩銀子李瓶兒只留下一百八十兩盤纏其餘都
付與西門慶收了湊着蓋房便教陰陽擇用二月初八日興工
動土五百兩銀子委付大家人來招并主管賁四卸磚瓦木石
管工計帳這賁四名喚賁地傳年少生的百浪囂虛百能百巧
原是內相勤兒出身因不守本分打出吊入滑流水被趕來初
時跟着人做兒弟兒來次後投入大人家做家人把人家奶子
拐出來做了渾家卻在故衣做經紀琵琶簫管都會西門慶見

他這般本事常照顧他在生藥舖中秤貨討中人錢使以此凡大小事情少他不得當日賁地傳與來招督管各作匠人興工先拆毀花家那邊舊房打開墻垣築起地脚蓋起捲棚山子各亭臺耍子去處非止一日不必盡說光陰迅速日月如梭西門慶在家看管起盖花園約有一個月有餘却在三月上旬乃花子虛百日李瓶兒預先請過西門慶去和他計議要把花子虛靈燒了房子賣的賣不的你着人來看守你早把奴取過去罷省的奴在這裡晚夕空落落的我害怕常有狐狸鬼混的慌你到家對大娘說只當可憐見奴的性命罷隨你把奴做第幾個奴情愿伏侍你鋪牀疊被也無抱怨說着淚如雨下西門慶道你休煩惱前月我把你這話到家對房下和潘五姐也說過了

直待與你把房盖得完那時你孝服將滿取你過門不遲李瓶兒道好好你既有真心取奴先早把奴房攛掇盖了取過奴去到你家住一日死也甘心省的奴在這裡度日如年西門慶道你的話我知道了李瓶兒道再不的房子盖完我燒了靈搬在五姐那邊樓上住兩日等你盖了新房子搬移不遲你好歹到家和五姐說我還等你的話這三月初十日是他百日我好念經燒靈西門慶應諾與婦人歇了一夜到次日一五一十對潘金蓮說了金蓮道可知好哩奴巴不的騰兩間房與他住只怕別人你還問聲大姐姐去我落得河水不碍船看大姐姐怎麼說這西門慶一直走到月娘房裡來月娘正梳頭西門慶把李瓶兒要嫁一節從頭至尾聽說一遍月娘道你不好取他的休

他頭一件孝服不滿第二件你當初和他男子漢相交第三件你又和他老婆有連手買了他房子收着他寄放的許多東西常言機兒不快梭兒快我聞得人說他家房族中花大是個刁徒潑皮的人倘或一時有些聲口倒沒的惹虱子頭上撓奴說的是好話趙錢孫李你依不依隨你幾句說的西門慶閉口無言走出前廳來自巳坐在椅子上沉吟又不好回李瓶兒話又不好不去的尋思了半日還進入金蓮房裏來金蓮問道你到大姐姐房裏大姐姐怎麼說西門慶把月娘的說告訴了一遍金蓮道大姐不肯論他也說的是你又買了他房子又取他老婆當初又與他漢子相交了一世方纔好我又是一說既做朋友沒絲也有寸交當兒也看喬了西門慶道這個也罷了倒只

怕花大那厮沒圈子跳。知道挾制他孝服不滿。在中間思混怎
生計較。我如今又不好回他的。金蓮道。呸。有甚難處事。我問你
今日回他去。明日回回他去。西門慶道。他教我今日回他聲去。金
蓮道。你今日到那裡。恁對他說。你說我到家對五姐說來。他的
樓上堆着許多藥料。你這家火去。到那裡沒處堆放。亦發再寬
待些時。你這邊房子七八也待蓋了。攛掇匠人早些裝修油漆
停當。你這邊孝服也將滿。那時取你過去。却不齊備些。強似搬
在五姐樓上。葷不葷。素不素。擠在一處甚麼樣子。管情他也罷
了。西門慶聽言大喜。那裡等的時分。走到李瓶兒家。婦人便問。
你到家所言之事如何。西門慶道。五姐說來。一發等收拾油漆
你新房子。你搬去不遲。如今他那邊樓上堆的破零三亂。你這

些東西過去那裡堆放只有一件打攪只怕你家大伯子說你孝服不滿如之奈何婦人道他不敢管我的事休說各衣另飯當官寫立分單已倒斷開了的勾當只我先嫁由爹娘後嫁由自已自古嫂兒不通問大伯管不的我暗地裡事我如今見過不的日子他顧不的我他若但放出個屁來我教那賊花子坐着死不敢聽着死大官人你放心他不敢惹我因問你這房子也得幾時方收拾完備西門慶道我如今分付匠人先替你盖出這三間樓來及到油漆了也到五月頭上婦人道我的哥哥你上緊些奴情愿等着到那時候也罷說畢丫鬟擺上酒兩個歡娛飲酒過夜西門慶自此沒三五日不來俱不必細說光陰迅速西門慶家中已盖了兩月房屋三間玩花樓裝修將完只

少捲棚還未安傺。一日五月蕤賓佳節。家家門插艾葉。處處戶掛靈符。李瓶兒治了一席酒。請過西門慶來。一者解粽。二者商議過門之日。擇五月十五日。先請僧人念經燒靈。然後西門慶這邊擇取婦人過門。西門慶因問李瓶兒道。你燒靈那日。花大花三花四。請他不請。婦人道。我每人把個帖子。隨他來不來。當下計議已定。單等五月十五日。婦人請了報恩寺十二衆僧人。在家念經除靈。西門慶那日封了三錢銀子人情。與應伯爵做生日。早辰拿了五兩銀子。與玳安教他買辦鷄鵝鴨置酒。晚夕李瓶兒除服。却教平安畫童兩個跟馬。約午後時分。往應伯爵家來。那日在席前者。謝希大。祝日念。孫天化。吳典恩。雲離守。常時節。白來創。連新上會賁地傳十個朋友。一個不少。又叫了兩個小優兒彈唱遞畢酒。上坐之時。西門慶叫過兩優兒。認的頭一個是吳銀兒兄弟。名喚吳惠。那一個不認的。跪下說道。小的是鄭愛香兒的哥。叫鄭奉。西門慶坐首席。每人賞二錢銀子。吃到日西時分。只見玳安拿馬來接。正上席來。向西門慶耳邊。悄悄說道。娘請爹早些去罷。西門慶與了他個眼色。就往下走。被應伯爵叫住問道。賊狗骨頭兒。你過來實說。若不實說。我把你小耳朶擰過一邊來。你應爹一年有幾個生日。恁日頭半天裡。就拿馬來接了。你爹。往那裡去。端的誰使了你來。或者是你家中那娘。使了你來。或是裡邊十八子那裡。你若不說。過一百年也不對你爹說。替你這小狗秃兒娶老婆。那玳安只是說道。委的沒人使小的。小的恐怕夜緊。爹要起身。早拿馬來伺候。那應伯爵奈何了他一回見不說便道你不說我明日打聽出來和你這小油嘴兒算帳于是又斟了一鍾酒拿了半碟點心與玳安下邊吃去良久西門慶下來東淨裡更衣叫玳安道到僻靜處問他話今日花家那有誰來玳安道花二徃鄭裡去了花四家裡瞎眼都沒人來只有花大家兩口子來吃了一日齋飯他漢子先家去了只有他老婆臨去二娘叫到房裡去了與了他十兩銀子兩套衣服還與二娘磕了頭西門慶道他沒說甚麼玳安道他一字通沒敢題甚麼只說到明日二娘過來他三日要來爹家走走西門慶道他真個說此話來玳安道小的怎敢說謊這西門慶聽了滿心歡喜又問齋供了畢不曾玳安道和尚老早就去了靈位也燒了二娘說請爹早些過去西門慶道

我知道了。你外邊看馬去。這玳安正往外走。不想應伯爵在過道內聽猛可叫了一聲。把玳安諕了一跳。伯爵罵道。賊小狗骨頭兒。你不告我說。我就的也聽見了。原來你爹兒們幹的好繭兒。西門慶道。怪狗才。休要唱揚。一地裡知道。伯爵道。你央及我央兒。我不說便了。于是走到席上。如此這般對眾人說了一回把西門慶拉着說道。哥。你可成個人。有這等事。就掛口不對兄弟們說聲兒。就是花大有些甚話說。哥只分付俺每一聲等俺每和他說。不怕他不依。他若敢道個不是。俺每就與他結一個大脫膊。端的不知哥這親事成了不曾。哥一一告訴俺們。比來相交朋友做甚麼。哥若有使令。俺們處兒弟情願火裡火去水裡水去。願不求同日生。只求各目死。弟兄每這等待你。哥你不說個道理還只顧瞞著不說謝希大接過說道哥如若不說俺每明日唱揚的裡邊李桂姐吳銀兒那裡知道了大家都不好意思的西門慶笑道我教眾位得知罷親事已都定當了應伯爵問道取行禮過門還未定日子謝希大道哥到明日取嫂子過門俺每賀哥去哥好歹叫上四個唱的請俺每吃喜酒西門慶道這個不瞞說一定奉請列位兄弟祝日念道比時明日與哥慶喜不如咱如今替哥把一杯兒酒先慶了喜罷于是叫伯爵把酒謝希大執壺祝日念捧菜其餘都陪跪把兩個小優兒也叫來跪著彈唱一套十三腔喜遇吉日一連把西門慶灌了三四鍾酒祝日念道哥那日請俺每吃酒也不少了鄭奉吳惠他兩個因定下你二人好歹去鄭奉掩日道小的們已定早去

宅裡伺候。須臾遞畢酒。各歸席坐下。又吃了一回。看看天晚。那
西門慶那裡坐的住。趕眼錯起身走了。應伯爵還要攔門不放。
謝希大道。應二哥你放哥去罷。休要悮了他的事。教嫂子見怪
那西門慶得手上馬。一直走了。到了獅子街李瓶兒摘去孝髮
髻換了一身艷服。堂中燈燭熒煌。預備下一卓齊整酒餚。上面
獨獨安一張交椅。讓西門慶上坐。方打開一壜酒。篩來。丫鬟執
壺。李瓶兒滿斟一杯。遞上去。揷燭也似磕了四個頭。說道。今日
拙夫靈已燒了。蒙大官人不棄。奴家得奉巾櫛之歡。以遂于飛
之願。行畢禮起來。西門慶下席來。亦回遞婦人一杯。方纔坐下。
因問今日花大兩口子沒說甚麽。李瓶兒道。奴午齋後。叫進他
到房中。就說大官人這邉做親之事。他滿口說好。一句閑話也

無。只說明日三日哩。教他娘子兒來咱家走走與他十兩銀子。兩套衣服。兩口子喜懽的要不的臨出門謝了又謝西門慶道。他既恁說我容他上門走走也不差甚麼但有一句閑話。我不饒他。李瓶兒道他就放辣騷奴也不放過他于是湯水夏飯老媽厨下一齊拏上李瓶兒親自洗手剔甲做了些葱花羊肉一寸的匾食兒銀鑲鍾兒盛着南酒。秀春斟了兩盃。李瓶兒陪西門慶吃西門慶止吃了上半甌。就把下半甌送與李瓶兒吃。一往一來迭連吃上幾甌。真個是年隨情少。酒因境多。李瓶兒因過門日子近了比常時益發喜懽得了不的。臉上堆下笑來對西門慶道。方纔你在應家吃酒奴已候得久了。又恐怕你醉了。吁玳安來請你早些歸來。不知那邊可有人覺道麼。西門慶道又被應花子猜着逼勒小厮說了幾句閑混了一場諸弟兄要與我賀喜。喚唱的做東道。又齊攢的帮襯。灌上我幾盃。我趕眼錯。就走出來還要攔阻。又說好說歹。放了我來。李瓶兒就道他每放了你。也還解趣哩西門慶看他醉態顛狂。情眸眷戀。一霎的不禁胡亂兩個口吐丁香。臉偎仙杏。李瓶兒把西門慶抱在懷裡叫道。我的親哥你既真心要娶我。可趁早些。你又往來不便。休丟我在這裡日夜懸望說畢。翻來倒去。攪做一團。真個是傾國傾城漢武帝。爲雲爲雨楚襄王。有詩爲証。

情濃胸緊湊　欵洽臂輕籠
賸把銀缸照　猶疑是夢中

畢竟未知後來如何且聽下回分解。

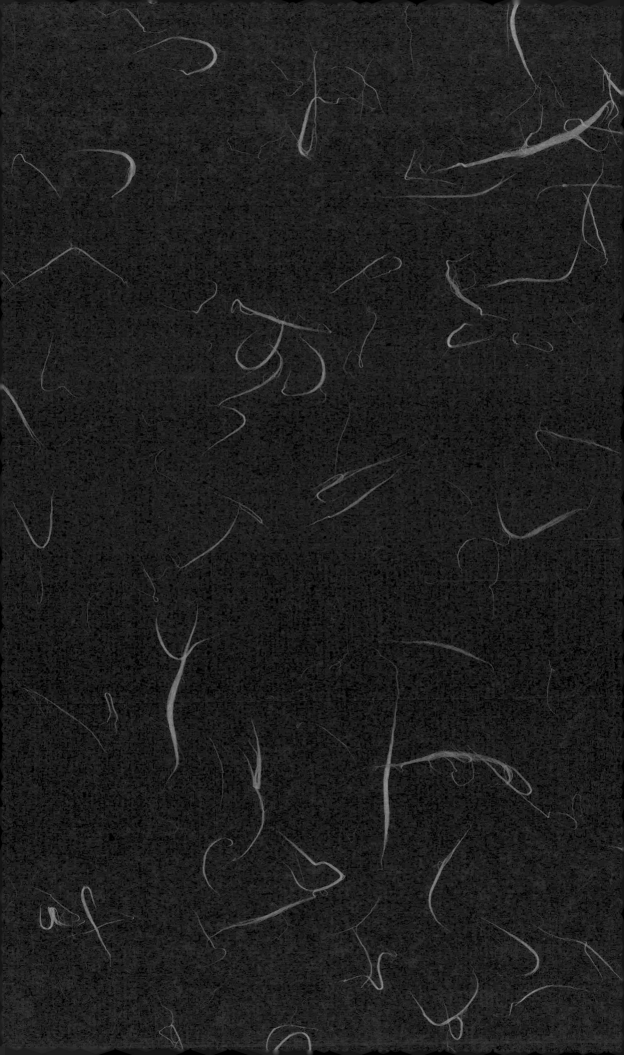